STS
山田社
U0080061

山田社

STS
山田社

STS
山田社

STS
山田社

STS
山田社

考試分數大躍進
累積實力
百萬考生見證
應考秘訣

根據日本國際交流基金考試相關概要

高效自學塾

絶對合格 日檢必背文法

N4

文法精解

例句 生字 注解

完全自學版型

山田社日檢題庫小組
吉松由美・西村惠子
林勝田 ◎合著

新制對應！
文法突然間清楚了！

Preface

前言

讓日語助你展翅翱翔，開創職場新奇境，
拓寬無限前景！

制霸日檢終極自學攻略！

創新詞性分類技巧 →文法口訣濃縮→ 情境模擬日常劇場 → 獨家自學模式 →〔逐條剖析例句文法＋詳解例句生詞中譯〕
揮灑自如，讓日語學習煥然一新，文法瞬間變得輕而易舉！
隨心所欲提升你的日語文法實力，學無止境，行無障礙。
輕鬆征服新制日檢，日語之路無往不利！

只靠埋頭苦幹並非攻克日檢的唯一法門，要精準抓住重點，
全力以赴，方能獲得令人矚目的成果。
想要揮出破天荒的全壘打，就要擊中最關鍵的甜蜜點！

日檢大師的超級自學武器：頂尖日檢教師傾囊相授，極速精煉，讓您的學習成果翻倍迅猛！

令人驚艷的亮點：

1. 「瞬間回憶關鍵字法寶」文法口訣濃縮精華成膠囊，考試臨陣磨槍，迅速解鎖記憶大門。
2. 用充滿創意的日常小劇場，讓文法例句在真實生活中活躍揮灑！
3. 日檢大師的超級自學武器，全面攻略〔例句文法深度解析＋例句生詞中譯一覽無遺〕，讓您成為自學達人，文法學習變得輕鬆自如。
4. 「文法速記表秘籍」快速抓住重點，客製化學習計劃，全面體系化學習！
5. 邁向精熟「類義表現專欄」，巧妙比較學習法助攻，相似、相反用法輕鬆駕馭。
6. 4 回分類測驗立驗成果，3 回必勝全真模擬試題，命中考題率驚人達 100% ！

Preface

本書說明

9 大絕妙策略，讓日檢學習變得輕鬆且高效，讓記憶永存於心，本書精粹：

1 神奇口訣

「瞬間記憶法寶」文法口訣極致濃縮，考試時啟動記憶寶庫！文法解釋為何總是晦澀困難？本書創新地在每項文法解釋前加入「關鍵字」，巧妙地將文法精華縮短成易消化的膠囊。讓您迅速掌握重點，激發聯想，實現長期記憶效果！憑此記憶法寶，在考試時迅速喚醒記憶寶庫，高分手到擒來！

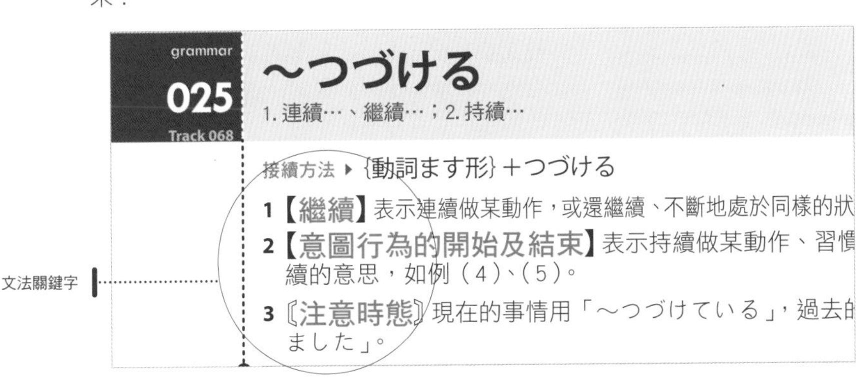

2 戲劇體驗

用生動活潑的日常小劇場，讓文法例句與生活完美結合！本書巧妙地將每項文法與富有創意的日常小劇場融合，讓日常情境與文法和故事無縫結合！每個文法都配有一張引人入勝，讓人會心一笑的插圖，搭配生活常用的一句話，生動地、細膩地呈現文法特色，讓您學習成果立竿見影，享受使用日語的快樂，語感迅速飛躍。

3 版型升級

超凡自學式版型，針對〔例句文法深度剖析＋生詞中譯盡在掌握〕，讓您成為自學達人。例句中的文法運用與單字變化常使初學者困惑。為讓讀者自學輕鬆且深入，本書獨具匠心地設計了超凡自學式版型，例句旁精心撰寫細緻的文法解說，剖析文法在各種情境下的運用。同時標明例句中的生字，並在生字上方附上中文字義，讓學習過程無壓力、易於理解，還能順便學習更多單字。「原來還有這種用法！」、「原來是這個意思！」讓您學習更加清晰，絕對看得懂。

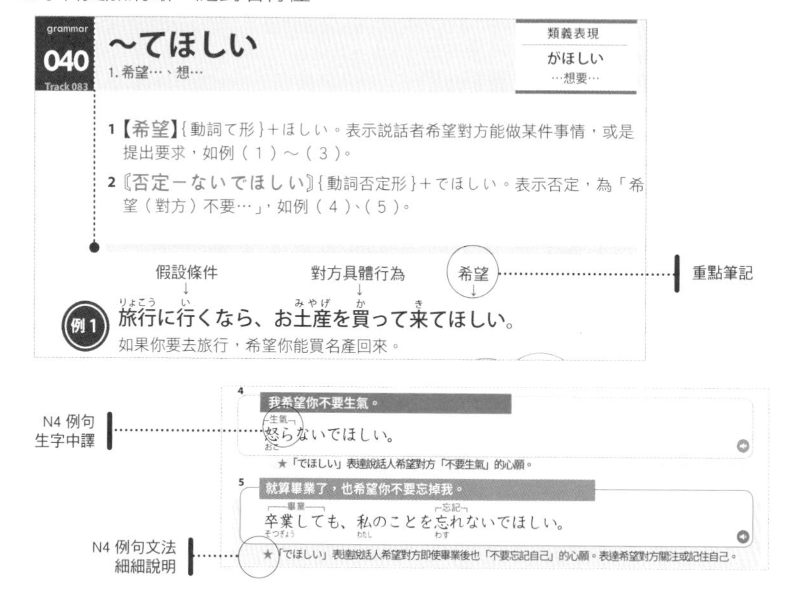

4 多義細分

精通「多義細分」的卓越應用，深度剖析例句用法，並搭配接續與單字的雙向學習！文法的多樣性使得同一規則因前面接續的詞、語境等而展現出不同面貌。例如「はずだ」具有以下含義：一、基於事實、理論或知識的推測結果「（理所當然）應該…」；二、針對原本難以理解的事物，在獲知理由後感到信服「怪不得…」。讀者們常反映「文法的使用情況難以理解，選擇答案令人困惑！」因此，本書對所有符合 N4 文法程度的使用狀況進行細分，並提供相應例句，讓您在遇到考題時，迅速抓住正確答案！

結合接續公式，例句中還融入了文法中較常配合的單字、使用的場合、常見的表現，這些都是考試中經常出現的題型；同時，貼近 N4 程度的時事、生活等內容，將助您輕鬆戰勝文法考試的挑戰！

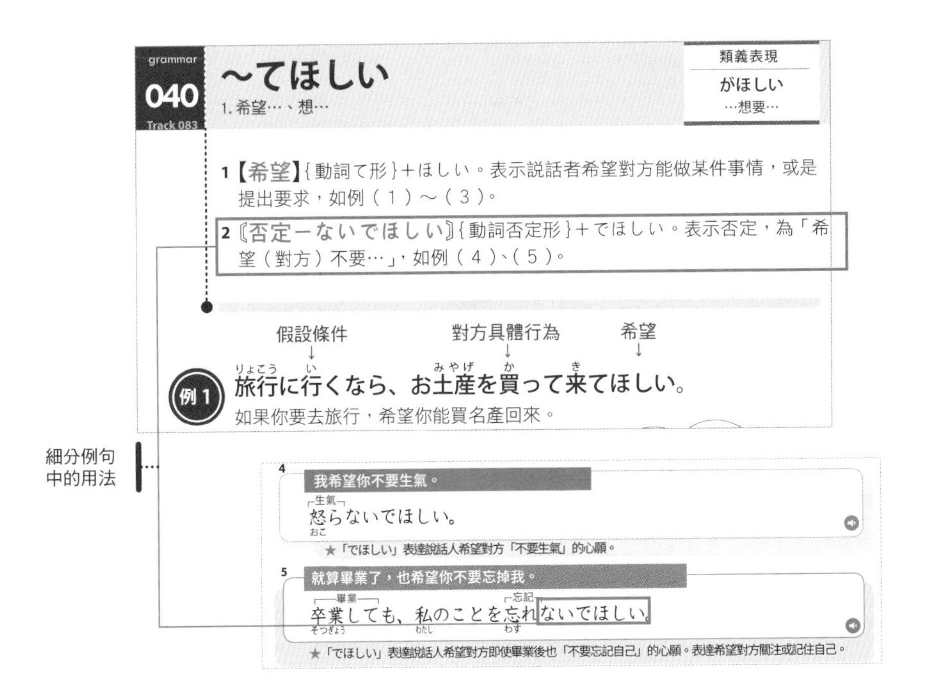

5 深化差異

透過比較並擴展類似與相反概念，使學習更全面且高效！同一句子在日常對話與正式場合之間存在顯著區別！在考試中，換個說法的類義表現，是考試最常出現的考法，因此熟悉不同表達方式的相近概念至關重要。本書精心梳理了 N4 文法考題所需的類義表現，有助於您進行多角度比較學習。除此之外，書中還融入了日語學習的祕訣專欄（如動詞變化、敬語運用等），並提供實用練習題，全面助您提升日語學習實力！

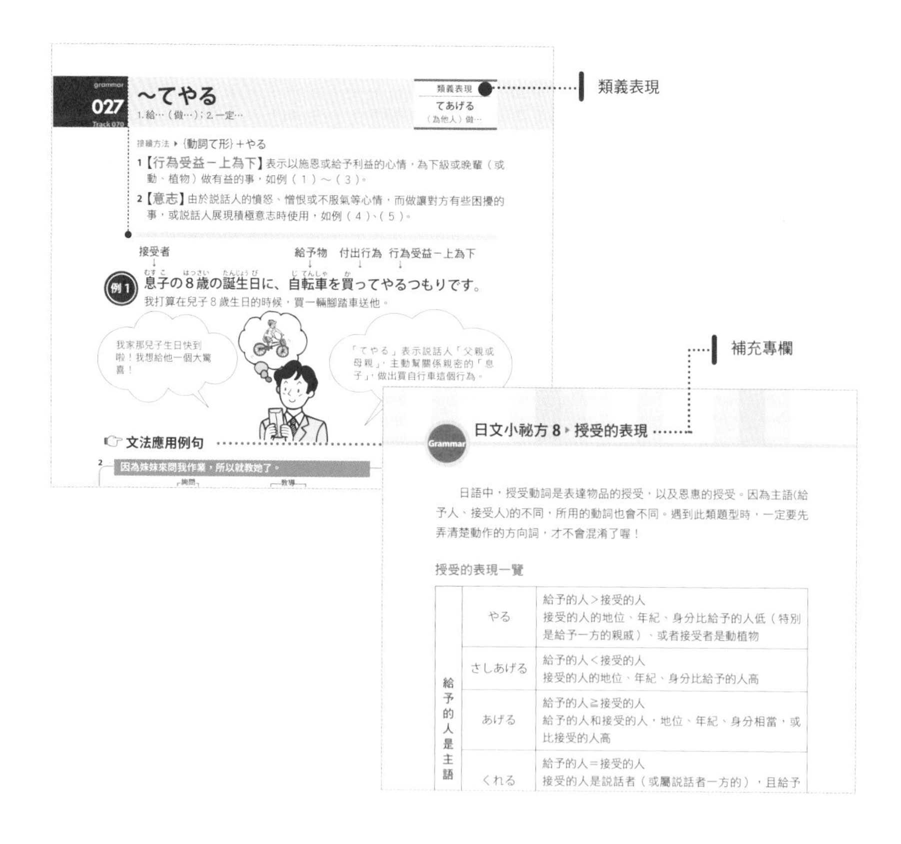
類義表現

grammar 027 Track 070

～てやる

1.給…（做…）；2.一定…

類義表現

てあげる（為他人）做…

接續方法 ▸ {動詞て形}＋やる

1【行為受益－上為下】表示以施恩或給予利益的心情，為下級或晚輩（或動、植物）做有益的事，如例（1）～（3）。

2【意志】由於說話人的憤怒、憎恨或不服氣等心情，而做讓對方有些困擾的事，或說話人展現積極意志時使用，如例（4）、（5）。

接受者　給予物　付出行為　行為受益－上為下

例1 息子の８歳の誕生日に、自転車を買ってやるつもりです。

我打算在兒子８歲生日的時候，買一輛腳踏車送他。

☞ 文法應用例句

2 因為妹妹來問我作業，所以就教她了。

補充專欄

Grammar 日文小祕方 8 ▸ 授受的表現

日語中，授受動詞是表達物品的授受，以及恩惠的授受。因為主語(給予人、接受人)的不同，所用的動詞也會不同。遇到此類題型時，一定要先弄清楚動作的方向詞，才不會混淆了喔！

授受的表現一覽

給予的人是主語	やる	給予的人＞接受的人 接受的人的地位、年紀、身分比給予的人低（特別是給予一方的親戚）、或者接受者是動植物
	さしあげる	給予的人＜接受的人 接受的人的地位、年紀、身分比給予的人高
	あげる	給予的人≧接受的人 給予的人和接受的人，地位、年紀、身分相當，或比接受的人高
	くれる	給予的人＝接受的人 接受的人是說話者（或屬說話者一方的），且給予

6 高效策略

一目了然重點速記表，建立高效學習策略，全面精通文法。巧妙整理的文法概要表，一覽無遺呈現所有關鍵要點，並附有清楚的中文解說。這份概要表讓您在短時間內高效複習，方便剪下來隨身攜帶，成為您考前密集溫習的高分合格護身符。它如同您隨身攜帶的 N4 文法秘笈！書中還提供讀書計劃表，讓您有序地規劃學習進程。策劃並實行，必將贏得優異成績！

N4 文法速記表

★ 步驟一：沿著虛線剪下《速記表》，並且用你喜歡的方式裝訂起來！
★ 步驟二：請在「讀書計劃」欄中填上日期，依照時間安排按部就班學習，每完成一項，就用螢光筆塗滿格子，看得見的學習，效果加倍！

項目	文法	中譯（功能）	讀書計畫
	こんな	這樣的、這麼的、如此的	
	そんな	那樣的	
	あんな	那樣的	
	こう	這樣、這麼	
	そう	那樣	
	ああ	那樣	
	ちゃ、ちゃう	ては、てしまう的縮略形式	
	～が	表後面的動作或狀態的主體	
	までに	在…之前、到…時候為止	
	數量詞＋も	多達…	
	ばかり	淨…、光…；總是…、老是…	
	でも	…之類的；就連…也	

7 實戰精練

立驗成果 4 回合文法挑戰，歷練無數，成功就在指尖！在每個單元完結之際，緊接著提供別出心裁的文法練習，讓您在消化文法知識後，立即「展翅翱翔」！呈現給您一個豐富多彩的實戰操練場景，讓您在無數次的摸索與嘗試中，成功自然觸手可及！

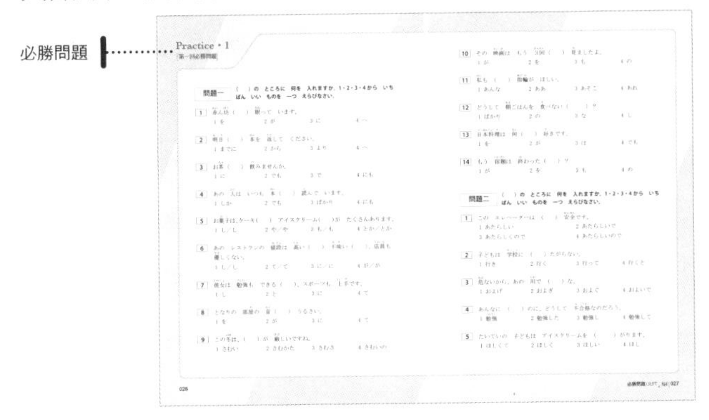

命中考點

3 回必勝全真模擬試題，直擊考點，全解全析，攻破考試重點！書籍末章呈現，由金牌日檢教學專家精心撰寫的必勝極致模擬試題，無縫覆蓋新制日檢考試精髓。參照國際交流基金和財團法人日本國際教育支援協會公布的日語能力試驗文法部分考核標準。依據各式題型，解開解題之謎。讓您在踏上模擬試題征途後，不僅立即掌握學習成效，更能洞悉考試大局，提升實戰應變力。彷彿參加了成功保證的培訓班！

倘若您迫不及待挑戰全方位模擬試題，強烈推薦選用絕對符合日檢規範的《絕對合格攻略！新日檢 6 回全真模擬 N4 寶藏題庫＋通關解題【讀解、聽力、言語知識〈文字、語彙、文法〉】》進行鍛煉！

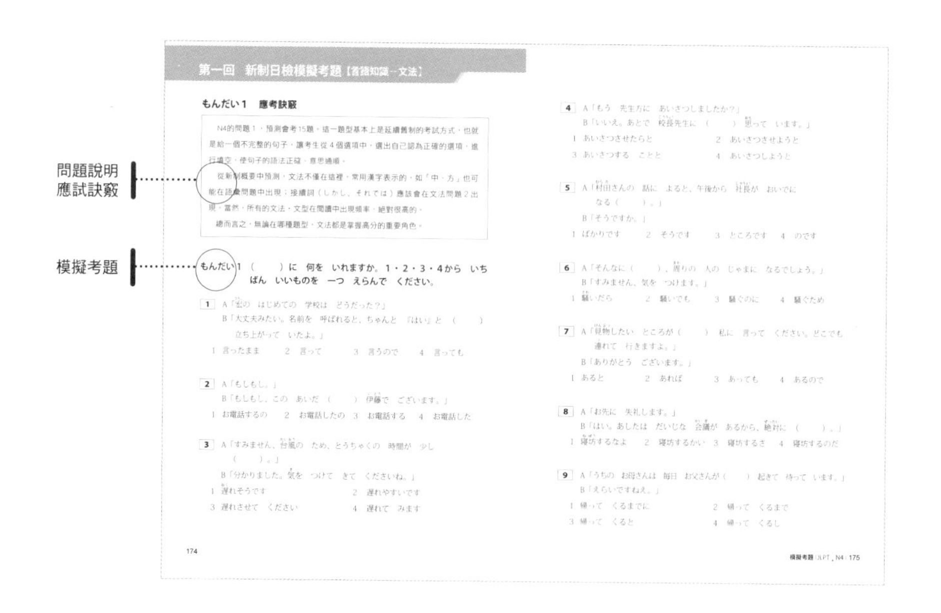

第一回　新制日檢模擬考題【言語知識－文法】

もんだい１　應考訣竅

N4的問題 1，預測會考 15題，這一題型基本上是延續舊制的考試方式，也就是給一個不完整的句子，讓考生從 4 個選項中，選出自己認為正確的選項，進行填空，使句子的語法正確、意思通順。

從新制概要中預測，文法不僅在這裡，常用漢字表示的，如「中、方」也可能在語彙問題中出現；接續詞（しかし、それでは）應該會在文法問題 2 出現。當然，所有的文法、文型在閱讀中出現頻率，絕對很高的。

總而言之，無論在哪種題型，文法都是掌握高分的重要角色。

もんだい１（　　）に　何を　いれますか。1・2・3・4から　いちばん　いいものを　一つ　えらんで　ください。

1　A「宏の　はじめての　学校は　どうだった？」
B「大丈夫みたい。名前を　呼ばれると、ちゃんと　『はい』と　（　　）立ち上がって　いたよ。」
1 言ったまま　2 言って　3 言うので　4 言っても

2　A「もしもし。」
B「もしもし、この　あいだ（　　）伊藤で　ございます。」
1 お電話するの　2 お電話したの　3 お電話する　4 お電話した

3　A「すみません、台風の　ため、とうちゃくの　時間が　少し（　　）。」
B「分かりました。気を　つけて　きて　くださいね。」
1 遅れそうです　2 遅れやすいです
3 遅れさせて　ください　4 遅れて　みます

174

4　A「もう　先生方に　あいさつしましたか？」
B「いいえ。あとで　校長先生に（　　）思って　います。」
1 あいさつさせたらと　2 あいさつさせようと
3 あいさつする　ことと　4 あいさつしようと

5　A「村田さんの　話に　よると、午後から　社長が　おいでになる（　　）。」
B「そうですか。」
1 ばかりです　2 そうです　3 ところです　4 のです

6　A「そんなに（　　）、周りの　人の　じゃまに　なるでしょう。」
B「すみません、気を　つけます。」
1 騒いだら　2 騒いでも　3 騒ぐのに　4 騒ぐため

7　A「見物したい　ところが（　　）私に　言って　ください。どこでも連れて　行きますよ。」
B「ありがとう　ございます。」
1 あると　2 あれば　3 あっても　4 あるので

8　A「お先に　失礼します。」
B「はい。あしたは　だいじな　会議が　あるから、絶対に（　　）。」
1 寝坊するなよ　2 寝坊するかい　3 寝坊するさ　4 寝坊するのだ

9　A「うちの　お母さんは　毎日　お父さんが（　　）起きて　待って　います。」
B「えらいですねえ。」
1 帰って　くるまでに　2 帰って　くるまで
3 帰って　くると　4 帰って　くるし

模擬考題 JLPT．N4 175

9 聽力致勝

QR 碼線上音檔助您攻克「新制日檢」！本書中所有日文句子，皆由日籍專業聲優錄製，確保發音、語調及速度符合 N4 新日檢聽力考試標準。在學習文法的同時，您將熟悉 N4 程度的發音，讓您視聽兼修，提升腦力，激發思維活力，奠定紮實基礎，獲得合格證書！讓職場機會蜂擁而至，成就一個更璀璨的未來！

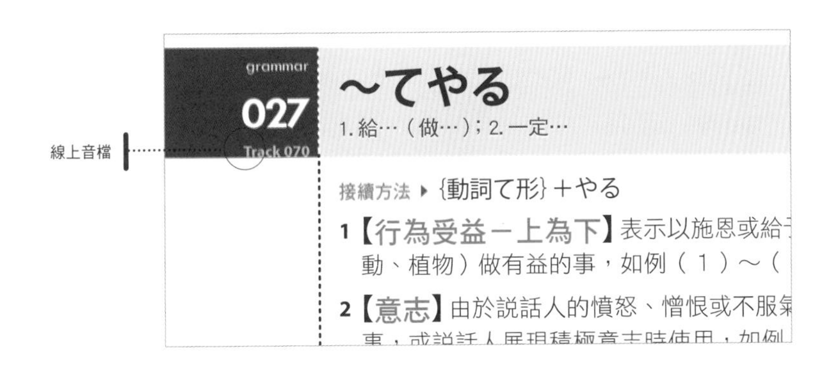

Contents

目錄

2. 詞類的活用 (2)

3. 句型 (1)

4. 句型 (2)

詞性說明

詞 性	定 義	例（日文／中譯）
名詞	表示人事物、地點等名稱的詞。有活用。	門（大門）
形容詞	詞尾是い。說明客觀事物的性質、狀態或主觀感情、感覺的詞。有活用。	細い（細小的）
形容動詞	詞尾是だ。具有形容詞和動詞的雙重性質。有活用。	静かだ（安静的）
動詞	表示人或事物的存在、動作、行為和作用的詞。	言う（說）
自動詞	表示的動作不直接涉及其他事物。只說明主語本身的動作、作用或狀態。	花が咲く（花開。）
他動詞	表示的動作直接涉及其他事物。從動作的主體出發。	母が窓を開ける（母親打開窗戶。）
五段活用	詞尾在ウ段或詞尾由「ア段＋る」組成的動詞。活用詞尾在「ア、イ、ウ、エ、オ」這五段上變化。	持つ（拿）
上一段活用	「イ段＋る」或詞尾由「イ段＋る」組成的動詞。活用詞尾在イ段上變化。	見る（看） 起きる（起床）
下一段活用	「エ段＋る」或詞尾由「エ段＋る」組成的動詞。活用詞尾在エ段上變化。	寝る（睡覺） 見せる（讓…看）
變格活用	動詞的不規則變化。一般指カ行「来る」、サ行「する」兩種。	来る（到來） する（做）
カ行變格活用	只有「来る」。活用時只在カ行上變化。	来る（到來）
サ行變格活用	只有「する」。活用時只在サ行上變化。	する（做）
連體詞	限定或修飾體言的詞。沒活用，無法當主詞。	どの（哪個）
副詞	修飾用言的狀態和程度的詞。沒活用，無法當主詞。	余り（不太…）

詞　性	定　義	例（日文／中譯）
副助詞	接在體言或部分副詞、用言等之後，增添各種意義的助詞。	～も（也…）
終助詞	接在句尾，表示說話者的感嘆、疑問、希望、主張等語氣。	か（嗎）
接續助詞	連接兩項陳述內容，表示前後兩項存在某種句法關係的詞。	ながら（邊…邊…）
接續詞	在段落、句子或詞彙之間，起承先啟後的作用。沒活用，無法當主詞。	しかし（然而）
接頭詞	詞的構成要素，不能單獨使用，只能接在其他詞的前面。	御～（貴〈表尊敬及美化〉）
接尾詞	詞的構成要素，不能單獨使用，只能接在其他詞的後面。	～枚（…張〈平面物品數量〉）
寒暄語	一般生活上常用的應對短句、問候語。	お願いします（麻煩…）

關鍵字及符號表記說明

符號表記	文法關鍵字定義	呈現方式
【】	該文法的核心意義濃縮成幾個關鍵字。	【義務】
〔〕	補充該文法的意義。	〔決心〕

請沿虛線裁切

請沿虛線裁切

文型接續解說

▶ 形容詞

活　用	形容詞（い形容詞）	形容詞動詞（な形容詞）
形容詞基本形（辭書形）	おおきい	きれいだ
形容詞詞幹	おおき	きれい
形容詞詞尾	い	だ
形容詞否定形	おおきくない	きれいではない
形容詞た形	おおきかった	きれいだった
形容詞て形	おおきくて	きれいで
形容詞く形	おおきく	×
形容詞假定形	おおきければ	きれいなら（ば）
形容詞普通形	おおきい おおきくない おおきかった おおきくなかった	きれいだ きれいではない きれいだった きれいではなかった
形容詞丁寧形	おおきいです おおきくありません おおきくないです おおきくありませんでした おおきくなかったです	きれいです きれいではありません きれいでした きれいではありませんでした

▶ 名詞

活　用	名　詞
名詞普通形	あめだ あめではない あめだった あめではなかった
名詞丁寧形	あめです あめではありません あめでした あめではありませんでした

▶ 動詞

活用	五段	一段	カ変	サ変
動詞基本形（辭書形）	書く	集める	来る	する
動詞詞幹	書	集	0（無詞幹詞尾區別）	0（無詞幹詞尾區別）
動詞詞尾	く	める	0	0
動詞否定形	書かない	集めない	こない	しない
動詞ます形	書きます	集めます	きます	します
動詞た形	書いた	集めた	きた	した
動詞て形	書いて	集めて	きて	して
動詞命令形	書け	集めろ	こい	しろ
動詞意向形	書こう	集めよう	こよう	しよう
動詞被動形	書かれる	集められる	こられる	される
動詞使役形	書かせる	集めさせる	こさせる	させる
動詞可能形	書ける	集められる	こられる	できる
動詞假定形	書けば	集めれば	くれば	すれば
動詞普通形	行く 行かない 行った 行かなかった	集める 集めない 集めた 集めなかった	くる こない きた こなかった	する しない した しなかった
動詞丁寧形	行きます 行きません 行きました 行きませんでした	集めます 集めません 集めました 集めませんでした	きます きません きました きませんでした	します しません しました しませんでした

請沿虛線裁切

N4 文法速記表

★ 步驟一：沿著虛線剪下《速記表》，並且用你喜歡的方式裝訂起來！

★ 步驟二：請在「讀書計劃」欄中填上日期，依照時間安排按部就班學習，每完成一項，就用螢光筆塗滿格子，看得見的學習，效果加倍！

項目	文法	中譯（功能）	讀書計畫
詞類的活用	こんな	這樣的、這麼的、如此的	
	そんな	那樣的	
	あんな	那樣的	
	こう	這樣、這麼	
	そう	那樣	
	ああ	那樣	
	ちゃ、ちゃう	ては、てしまう的縮略形式	
	～が	表後面的動作或狀態的主體	
	までに	在…之前、到…時候為止	
	數量詞＋も	多達…	
	ばかり	淨…、光…；總是…、老是…	
	でも	…之類的；就連…也	
	疑問詞＋でも	無論、不論、不拘	
	疑問詞＋か	表事態的不明確性	
	とか～とか	…啦…啦、…或…、及…	
	し	既…又…、不僅…而且…	
	の	…嗎	
	だい	…呢、…呀	
	かい	…嗎	
	な（禁止）	不准…、不要…	
	さ	表程度或狀態	
	らしい	好像…、似乎…；說是…、好像…；像…樣子、有…風度	
	がる（がらない）	覺得…（不覺得…）、想要…（不想要）	
	たがる（たがらない）	想…（不想…）	
	（ら）れる（被動）	被…	
	お～になる、ご～になる	表動詞尊敬語的形式	
	（ら）れる（尊敬）	表對對方或話題人物的尊敬	
	お＋名詞、ご＋名詞	表尊敬、鄭重、親愛	
	お～する、ご～する	表動詞的謙讓形式	

<table>
<tr><td rowspan="15">詞類的活用</td><td>お～いたす、ご～いたす</td><td>表謙和的謙讓形式</td><td></td></tr>
<tr><td>ておく</td><td>…著；先…、暫且…</td><td></td></tr>
<tr><td>名詞＋でございます</td><td>表鄭重的表達方式</td><td></td></tr>
<tr><td>（さ）せる</td><td>讓…、叫…</td><td></td></tr>
<tr><td>（さ）せられる</td><td>被迫…、不得已…</td><td></td></tr>
<tr><td>ず（に）</td><td>不…地、沒…地</td><td></td></tr>
<tr><td>命令形</td><td>給我…、不要…</td><td></td></tr>
<tr><td>の（は／が／を）</td><td>的是…</td><td></td></tr>
<tr><td>こと</td><td>做各種形式名詞用法</td><td></td></tr>
<tr><td>ということだ</td><td>聽說…、據說…</td><td></td></tr>
<tr><td>ていく</td><td>…去；…下去</td><td></td></tr>
<tr><td>てくる</td><td>…來；…起來、…過來；…（然後再）來…</td><td></td></tr>
<tr><td>てみる</td><td>試著（做）…</td><td></td></tr>
<tr><td>てしまう</td><td>…完</td><td></td></tr>
<tr><td colspan="3"></td></tr>
<tr><td rowspan="18">句型</td><td>（よ）うとおもう</td><td>我想…、我要…</td><td></td></tr>
<tr><td>（よ）う</td><td>…吧</td><td></td></tr>
<tr><td>つもりだ</td><td>打算…、準備…</td><td></td></tr>
<tr><td>（よ）うとする</td><td>想…、打算…</td><td></td></tr>
<tr><td>ことにする</td><td>決定…；習慣…</td><td></td></tr>
<tr><td>にする</td><td>決定…、叫…</td><td></td></tr>
<tr><td>お～ください、ご～ください</td><td>請…</td><td></td></tr>
<tr><td>（さ）せてください</td><td>請允許…、請讓…做…</td><td></td></tr>
<tr><td>という</td><td>叫做…</td><td></td></tr>
<tr><td>はじめる</td><td>開始…</td><td></td></tr>
<tr><td>だす</td><td>…起來、開始…</td><td></td></tr>
<tr><td>すぎる</td><td>太…、過於…</td><td></td></tr>
<tr><td>ことができる</td><td>能…、會…</td><td></td></tr>
<tr><td>（ら）れる（可能）</td><td>會…；能…</td><td></td></tr>
<tr><td>なければならない</td><td>必須…、應該…</td><td></td></tr>
<tr><td>なくてはいけない</td><td>必須…</td><td></td></tr>
<tr><td>なくてはならない</td><td>必須…、不得不…</td><td></td></tr>
<tr><td>のに（目的・用途）</td><td>用於…、為了…</td><td></td></tr>
</table>

請沿虛線裁切

項目	文法	中譯（功能）	讀書計畫
句型	のに（逆接・對比）	明明…、卻…、但是…	
	けれど（も）、けど	雖然、可是、但…	
	てもいい	…也行、可以…	
	てもかまわない	即使…也沒關係、…也行	
	てはいけない	不准…、不許…、不要…	
	たことがある	曾…過	
	つづける	連續…、繼續…	
	やる	給予…、給…	
	てやる	給…（做…）	
	あげる	給予…、給…	
	てあげる	（為他人）做…	
	さしあげる	給予…、給…	
	てさしあげる	（為他人）做…	
	くれる	給…	
	てくれる	（為我）做…	
	くださる	給…、贈…	
	てくださる	（為我）做…	
	もらう	接受…、取得…、從…那兒得到…	
	てもらう	（我）請（某人為我做）…	
	いただく	承蒙…、拜領…	
	ていただく	承蒙…	
	てほしい	希望…、想…	
	ば	如果…的話、假如…、如果…就…	
	たら	要是…；如果要是…了、…了的話	
	たら～た（確定條件）	原來…、發現…、才知道…	
	なら	要是…的話	
	と	一…就	
	まま	…著	
	おわる	結束、完了	
	ても、でも	即使…也	
	疑問詞＋ても、でも	不管（誰、什麼、哪兒）…；無論…	
	だろう	…吧	
	（だろう）とおもう	（我）想…、（我）認為…	

句型	とおもう	覺得…、認為…、我想…、我記得…	
	といい	…就好了；最好…、…為好	
	かもしれない	也許…、可能…	
	はずだ	（按理説）應該…；怪不得…	
	はずがない	不可能…、不會…、沒有…的道理	
	ようだ	像…一樣的、如…似的；好像…	
	そうだ	聽説…、據説…	
	やすい	容易…、好…	
	にくい	不容易…、難…	
	と～と、どちら	在…與…中，哪個…	
	ほど～ない	不像…那麼…、沒那麼…	
	なくてもいい	不…也行、用不著…也可以	
	なくてもかまわない	不…也行、用不著…也沒關係	
	なさい	要…、請…	
	ため（に）	以…為目的，做…、為了…；因為…所以…	
	そう	好像…、似乎…	
	がする	感到…、覺得…、有…味道	
	ことがある	有時…、偶爾…	
	ことになる	（被）決定…；也就是説…	
	かどうか	是否…、…與否	
	ように	請…、希望…；以便…、為了…	
	ようにする	爭取做到…、設法使…；使其…	
	ようになる	（變得）…了	
	ところだ	剛要…、正要…	
	ているところだ	正在…	
	たところだ	剛…	
	たところ	結果…、果然…	
	について（は）、につき、についても、についての	有關…、就…、關於…	

請沿虛線裁切

詞類的活用 (1)

››› 內容

grammar 001 Track 001

こんな

1. 這樣的、這麼的、如此的；2. 這樣地

類義表現
こう …這樣

接續方法 ▶ こんな＋{名詞・形容詞・形容動詞}

1【狀態】間接地在講人事物的狀態、性質或程度，而這個事物是靠近說話人的，也可能是剛提及的話題或剛發生的事，如例（1）～（4）。

2〖こんなに〗「こんなに」為指示程度，是「這麼，這樣地；如此」的意思，為副詞的用法，用來修飾動詞或形容詞，如例（5）。

狀態 程度 對象 過去經驗

例1 こんな大(おお)きな木(き)は見(み)たことがない。

沒看過如此大的樹木。

哇！又高又茂密的一棵樹！這輩子還真沒看過呢！「こんな」(這麼的)指的是又高又密，又這麼大棵的樹。

「こんな」強調說話人對身邊這棵大樹印象深刻的主觀評價，暗示之前見過的樹都不如這棵大。

☞ 文法應用例句

2 想要一輛像這樣的車子。

こんな車(くるま)がほしいです。

（車：汽車；ほしい：想要的）

★「こんな」表示說話人希望擁有的汽車與身邊已有的汽車型號或特點等類似。

3 這樣的洋裝如何？

こんな洋服(ようふく)は、いかがですか。

（洋服：西服）

★「こんな」表示說話人想了解聽話人是否喜歡這款洋裝的樣式或特點，例如顏色、款式、材質等等。

4 連在這麼深山的地方都座落著房屋。

こんな山(やま)の上(うえ)まで、家(いえ)が建(た)っている。

（山：山岳；上：高處；建っ：建，蓋）

★「こんな」強調了說話人對這座山的主觀評價。也暗示了之前說話人見過的深山都是人跡罕至的。

5 這麼好的人，實在是少有的。

こんなにいい人(ひと)はめったにいない。

（いい：善良的；めったに：稀少的）

★「こんなに」強調了說話人對眼前這個人的高度評價（主觀），暗示以前他還沒遇到過這麼好的人。

grammar

002

Track 002

そんな

1. 那樣的；2. 那樣地

類義表現
そんなに 那麼、那麼樣的

接續方法 ▶ そんな＋{名詞・形容詞・形容動詞}

1【狀態】間接的在說人或事物的狀態、性質或程度。而這個事物是靠近聽話人的或聽話人之前說過的。有時也含有輕視和否定對方的意味，如例（1）～（4）。

2〖そんなに〗「そんなに」為指示程度，是「那麼，那樣地」的意思，為副詞的用法，用來修飾動詞或形容詞，如例（5）。

狀態　事物　動詞

例1 そんなことばかり言(い)わないで、元気(げんき)を出(だ)して。

別淨說那些話，打起精神來。

花子對著鏡子沮喪的說：「老天真不公平，讓我長得像醜小鴨！」

「そんな」強調說話人對前文中提到的某些負面的言論喪氣話，表示對其不贊同。

文法應用例句

2 我說不出那樣沒禮貌的話。

そんな失礼(しつれい)［無禮的］なことは言(い)［能說］えない。

★「そんな」強調了對前文中提到的失禮言辭的否定態度，暗示說話人不認同該言辭的言論或行為，並無法說出口。

3 不可以那樣做。

そんなことをしたらだめ［不可以］です。

★「そんな」強調說話人對前文中提到的某些不恰當的行為的不贊同，同時警告聽話人不要採取此行為。

4 久保田先生不是那樣的人。

久保田(くぼた)さんは、そんな人(ひと)［人］ではありません。

★「そんな」強調了說話人對前文中提到的負面特徵、行為或言論表示不贊同。同時表示對久保田先生的正面評價。

5 沒那麼冷。

そんなに寒(さむ)［寒冷］くない。

★「そんなに」強調說話人對現在氣溫的主觀評價，暗示現在氣溫並不像原本想像的那麼冷。

grammar

003 あんな

Track 003

1. 那樣的；2. 那樣地

類義表現
こんな 這樣的、這麼的、如此的

接續方法 ▸ あんな＋{名詞・形容詞・形容動詞}

1【狀態】間接地說人或事物的狀態、性質或程度。而這是指說話人和聽話人以外的事物，或是雙方都理解的事物，如例（１）～（４）。

2〘あんなに〙「あんなに」為指示程度，是「那麼，那樣地」的意思，為副詞的用法，用來修飾動詞或形容詞，如例（５）。

狀態（間接）↓ 人物↓ 動詞↓

例1 私（わたし）は、あんな女性（じょせい）と結婚（けっこん）したいです。

我想和那樣的女性結婚。

兩人聊到了一位女子，她既美麗又溫柔體貼。唉呀！我真想跟「あんな」（那樣的＝既美麗又溫柔體貼）女人結婚呢！

「あんな」強調說話人想要娶的是某種特定類型的「女性」，而不是一般性的女性。

☞ 文法應用例句

2 我喜歡那種顏色。

私（わたし）はあんな色（いろ）〔顏色〕が好（す）きです〔喜歡的〕。

★「あんな」強調了說話人對某種特定類型的「顏色」表示喜愛，而不是其他顏色。

3 我也想住那樣的房子。

私（わたし）もあんな家（いえ）〔房子〕に住（す）み〔居住〕たいです。

★「あんな」強調說話人想要住的是某種特定類型的「房子」，可能是指自己夢想中的理想居所，而不是其他類型的房子。

4 那種作法是行不通的。

あんなやり方（かた）〔作法〕ではだめだ。

★「あんな」強調指出某種特定的方法或行動是錯誤或無效的，暗示需要嘗試其他方式或方法。

5 我不知道她是那麼貼心的人。

彼女（かのじょ）があんなに優（やさ）しい人（ひと）〔貼心的〕だとは知（し）り〔知道〕ませんでした。

★「あんなに」表達說話人對談論對象的主觀評價，表示對方的友善超乎說話人所知道的，並引起說話人的驚訝或讚嘆。

grammar

004

Track 004

こう

1. 這樣、這麼；2. 這樣

類義表現
そう 那樣

接續方法 ▸ こう＋{動詞}

1【方法】表示方式或方法，如例（1）～（4）。

2【限定】表示眼前或近處的事物的樣子、現象，如例（5）。

地點 ↓　方法（＝握手）↓　動作 ↓

例 1 アメリカでは、こう握手（あくしゅ）して挨拶（あいさつ）します。

在美國都像這樣握手寒暄。

「こう」表一種具體的行為方式，即美國人握手的方式。據此了解美國文化習俗的細節。

在紐約工作，有許多文化及習慣是需要學習的。

☞ 文法應用例句

2 像這樣拿筷子。

お箸（はし）［筷子］はこう持（も）［拿握］ちます。

★「こう」表現了一種具體的行為方式，即握筷子的方式，透過這種方式來了解握筷子的細節和正確方法。

3 「麻煩幫忙壓一下這邊。」「像這樣壓住嗎？」

「ちょっと［一會兒］ここを押（お）さえて［壓，按］いてください。」「こうですか。」

★「こう」表現了一種具體的行為方式，即按壓的方式，透過詢問對方來確認細節。

4 只要這樣做，很容易就能讓窗戶變乾淨。

こうすれば、簡単（かんたん）［簡單的］に窓（まど）［窗戶］がきれいになります。

★「こう」表現了一種具體的行為方式，即清潔窗戶的方法，透過這種方式來解釋細節。

5 像這樣每天下雨，衣服根本晾不乾，真傷腦筋。

こう毎日（まいにち）雨（あめ）［雨］だと、洗濯物（せんたくもの）［洗好的衣物］が全然（ぜんぜん）乾（かわ）［乾燥］かなくて困（こま）ります。

★「こう」表現出當前的天氣情況是「每天都下雨」，讓說話人感到很麻煩，衣服乾不了。

grammar

005 そう

Track 005

1. 那樣；2. 那樣

類義表現
ああ
那麼、那樣

接續方法 ▶ そう＋{動詞}

1【方法】表示方式或方法，如例（1）～（3）。

2【限定】表示眼前或近處的事物的樣子、現象，如例（4）、（5）。

方法 動作 目標

例1 そうしたら、君（きみ）も東大（とうだい）に合格（ごうかく）できるのだ。

那樣一來，你也能考上東京大學的！

告訴你考東大並不難！只要按照我的學習秘方「そう」（那樣）的話，你也可以考上東大了。

用「そう」告訴對方如果想實現「考上東京大學」的目標，可以按照前面已提過某方式去做。

☞ 文法應用例句

2 「我們搭計程車去嘛！」「嗯，就這麼辦吧。」

「タクシー（計程車）で行（い）こうよ（前往）」「うん、そうしよう」

★用「そう」表示說話人同意前面提到的方式，在這裡是「搭計程車前往」。

3 打算跟父親那樣說明。

父（ちち）には、そう説明（せつめい）（說明）するつもりです。

★用「そう」表示說話人會以前面所提到的方式向父親解釋。

4 我也想變成那樣。

私（わたし）もそういうふうになり（變成）たいです。

★「そう」表示說話人欣賞前面所描述的人，希望自己能成為那樣的人。

5 兒子喜歡棒球，我小時候也一樣。

息子（むすこ）（兒子）は野球（やきゅう）（棒球）が好（す）きだ。僕（ぼく）も子（こ）ども（小孩）のころそうだった。

★「そう」表示說話人自己小時也像前面所描述的人一樣喜歡棒球。

grammar **006** Track 006

ああ

1. 那樣；2 那樣

類義表現
あんな 那樣的

接續方法 ▸ ああ＋{動詞}

1【限定】表示眼前或近處的事物的樣子、現象，如例（1）～（4）。

2【方法】表示方式或方法，如例（5）。

限定 ↓ 眼前狀況 ↓ 推測某事 ↓

例 1 ああ太(ふと)っていると、苦(くる)しいでしょうね。

那麼胖一定很痛苦吧！

看到一個胖先生，胖得褲子都撐破了。

「ああ」表達了說話人對於眼前「太っている」(胖）這個情況的驚訝、同情及關心。

文法應用例句

2 他一生起氣來一向都是那樣子。

彼(かれ)は怒(おこ)るといつもああだ。

（怒る：生氣）

★「ああ」表示說話人對於眼前對象「怒る（生氣）」時的表現感到習以為常，可能是對方表現出的某些特定情緒或行為模式，例如大聲咆哮、拳打腳踢等等。

3 毀損到那種地步，大概沒辦法修好了吧。

ああ壊(こわ)れていると、直(なお)せないでしょう。

（壊れている：毀損；直せ：能修理）

★「ああ」表示說話人對於眼前物品「壊れている（毀損）」的情況感到無能為力，表現出一種無可奈何的心情。

4 我才沒辦法像那樣。

僕(ぼく)には、ああはできません。

（できません：沒有能力）

★「ああ」表示說話人對於眼前的某種要求或期望感到困難，可能是技能不足等原因，表達出一種無法達成的心情。

5 一下叫我那樣，一下叫我這樣煩死人了！

ああしろこうしろとうるさい。

（こう：這樣；うるさい：煩人的）

★「ああ」表示說話人對於對方不斷的指示和要求感到厭煩和不滿，表達出一種反感的情緒。

grammar

007 ちゃ、ちゃう

Track 007

類義表現
じゃ
那麼；那

接續方法 ▶ {動詞て形}＋ちゃ、ちゃう

1 【縮略形】「ちゃう」是「てしまう」，「じゃう」是「でしまう」的縮略形式，如例（1）～（3）。

2 〖ては→ちゃ〗「ちゃ」是「ては」的縮略形式，也就是縮短音節的形式，一般是用在口語上。多用在跟自己比較親密的人，輕鬆交談的時候，如例（4）、（5）。

3 〖では→じゃ〗其他如「じゃ」是「では」的縮略形式，「なくちゃ」是「なくては」的縮略形式。

動作　縮約型（後悔）　結果

例1 飲（の）み過（す）ぎちゃって、立（た）てないよ。

喝太多了，站不起來嘛！

文法應用例句

2 作業已經寫完了呀！

宿題（しゅくだい）（作業）は、もうやっ（做，寫）ちゃったよ。

★「てしまう→ちゃう」表示說話人已經完成了「做作業」這件事。口語化表達，表現出輕鬆的語氣和完成的感覺。

3 8點了！上班要遲到啦！

8時（はちじ）だ。会社（かいしゃ）（公司）に遅（おく）れ（遲到）ちゃう。

★「てしまう→ちゃう」表示說話人看了時間，發現已經「要遲到了」，表達出後悔、困擾的語氣。口語表達更加貼近日常交流。

4 還不可以點火。

まだ、火（ひ）（火）をつけ（點燃）ちゃいけません。

★「ては→ちゃ」表示說話人表達了否定，不能「點火」。口語化的表達，表現出一種簡潔、明確的語氣。

5 不可以餵食動物。

動物（どうぶつ）（動物）にえさ（食物）をやっちゃだめです。

★「ては→ちゃ（口語）」表示說話人表達了否定，不可以「餵食動物」。口語表達，表現出一種禁止、警告的語氣。

grammar

008 ～が

Track008

類義表現

目的語＋を

表動作目的、對象

接續方法 ▸ {名詞} ＋が

【動作或狀態主體】 接在名詞的後面，表示後面的動作或狀態的主體。大多用在描寫句。

主語 ↓　修飾語（狀態）↓　動作 ↓

例 1 子どもが、泣きながら走ってきた。

小孩邊哭邊跑了過來。

誰欺負你啦？怎麼邊跑邊哭呢？

「が」表主語「子ども」是在「泣きながら」的狀態下，進行動作「走ってきた」的。

☞ 文法應用例句

2 正在下雨。

雨が降っています。

★「が」表示主語是「雨」，表示正在進行的動作是「降っています（正在下）」。

3 颱風導致窗戶壞了。

台風で、窓が壊れました。

★「が」表示主語是「窓」，表示由於颱風而發生了動作「壊れました（被破壞了）」。

4 新節目已經開始了。

新しい番組が始まりました。

★「が」表示主語是「番組（節目）」，表示動作是「始まりました（已經開始了）」。

5 在某個地方，曾經有一對老爺爺和老奶奶。

あるところに、おじいさんとおばあさんがいました。

★「が」表示主語是「爺爺和奶奶」，表示存在的狀態是「いました（有）」。表示爺爺和奶奶正處在某個地方。

～までに

1. 在…之前、到…時候為止；2. 到…為止

類義表現
まで
到…為止

接續方法 ▶ {名詞；動詞辭書形} ＋までに

1【期限】接在表示時間的名詞後面，後接一次性行為的瞬間性動詞，表示動作或事情的截止日期或期限，如例（1）～（3）。

2〖範圍ーまで〗不同於「までに」，用「まで」後面接持續性的動詞和行為，表示某事件或動作，一直到某時間點前都持續著，如例（4）、（5）。

主語 時間名詞 期限 一次性行為

例1 この車（くるま）、金曜日（きんようび）までに直（なお）りますか。

請問這輛車在星期五之前可以修好嗎？

車子出狀況了！又剛好遇到星期六要帶女朋友去兜風。

「までに」用在表達動作「直す」（修好）這輛車，截止時間是前接的「金曜日」。

文法應用例句

2 這件事，在幾點之前完成就可以了呢？

これ、何時（なんじ）［幾］までにやれ［做］ばいいですか。

★「までに」表示問題的截止時間，即說話人詢問的動作「やる（做）」必須在何時之前完成。

3 老師進來之前一定會還給你的，習題借我抄嘛！

先生（せんせい）［老師］が来（く）るまでに返（かえ）［歸還］すから、宿題（しゅくだい）を写（うつ）［抄寫］させてよ。

★「までに」用在表達動作「写す（抄寫）」的結束時間是「先生が来る」（老師到達）之前。

4 昨天是星期日，所以睡到了中午。

昨日（きのう）は日曜日（にちようび）で、お昼（ひる）［中午］まで寝（ね）［睡覺］ていました。

★「まで」表示動作「寝ていました（睡覺）」的時間到「お昼」為止，也就是說話人一直睡到中午。

5 直到工作結束之前都無法接聽手機。

仕事（しごと）が終（お）わる［結束］まで、携帯電話（けいたいでんわ）［手機］に出（で）られ［接聽］ません。

★「まで」表示動作「携帯電話に出られません（無法接電話）」的時間會持續到「仕事が終わる」為止。

grammar
010
Track 010

數量詞＋も

1. 多達…；2. 好…

類義表現
ばかり
…左右

1【強調】{數量詞}＋も。前面接數量詞，用在強調數量很多、程度很高的時候，由於因人物、場合等條件而異，所以前接的數量詞雖不一定很多，但還是表示很多，如例（1）～（3）。

2【數量多】用「何＋助數詞＋も」，像是「何回も（好幾回）、何度も（好幾次）」等，表示實際的數量或次數並不明確，但說話者感覺很多，如例（4）、（5）。

主語 ↓　對象 ↓　數量超出預期 ↓

例1 彼女(かのじょ)はビールを5本(ごほん)も飲(の)んだ。

她喝了多達5瓶的啤酒。

這女孩看來才剛滿20歲，但竟一口氣喝了5瓶啤酒。

「も」表説話人對於她竟然喝了5瓶啤酒，感到驚訝的情感色彩，強調數量多。

☞ 文法應用例句

2 昨晚喝了多達兩瓶紅酒。

（昨晚）（紅酒）
ゆうべはワインを2本(にほん)も飲(の)みました。

★「も」在句子中用於強調數量，表示「多達」，使句子傳達出喝了相當多的葡萄酒的意味。

3 我已經擔任小學教師長達30年了。

（小學）（老師）
私(わたし)はもう30年(さんじゅうねん)も小学校(しょうがっこう)の先生(せんせい)をしています。

★「も」在句子中用於強調時間，表示「足足」，使句子傳達出教小學教了相當長時間的意味。

4 已經打過了好多通電話，可是總是沒人接。

（打了電話）（不在家）
何回(なんかい)も電話(でんわ)したけれど、いつも留守(るす)だ。

★「何回も」的「も」在句子中用於強調次數，表示「多次」或「反覆」，使句子傳達出打了很多次電話，但始終沒有接通的意味。

5 我去過迪士尼樂園好幾次了喔！

（迪士尼樂園）（次）
ディズニーランドは何度(なんど)も行(い)きましたよ。

★「何度も」的「も」在句子中用於強調次數，表示「多次」或「反覆」，使句子傳達出多次去過迪士尼樂園的意味。

grammar 011 Track 011

～ばかり

1. 淨…、光…；2. 總是…、老是…；3. 剛…

類義表現
ている
…都有(動作的反覆)

1【一昧地】{名詞}＋ばかり。一昧地做某事，會有不滿、譴責的情緒。如例（1）～（3）。

2【重複】{動詞て形}＋ばかり。表示説話人對不斷重複一樣的事，或一直都是同樣的狀態，有不滿、譴責等負面的評價，如例（4）、（5）。

3【時間前後】{動詞た形}＋ばかり表示某動作剛結束不久，含有説話人感到時間很短的語感。例如：「ライン読んだ。ごめん、今起きたばかりなんだ／你看過LINE了嗎？抱歉，我剛起床。」

名詞　只做某事（負面）　否定建議

例1 アルバイトばかりしていないで、勉強（べんきょう）もしなさい。
別光打工，也要唸書！

在美國讀書的阿明，最近打工的時間都比讀書多。

強調局限性的「ばかり」表對這個人光是做兼職工作感到不滿，進而建議他多學習，以提升自我。

文法應用例句

2 光看漫畫，完全不看書。

漫画（まんが）〔漫畫〕ばかりで、本（ほん）は全然（ぜんぜん）〔完全〕読（よ）みません。

★「ばかり」用以強調局限性，表達對這個人只看漫畫而不讀其他書籍的行為感到不滿與無奈。

3 我家小孩總是只吃餅乾糖果。

うちの子（こ）〔我家〕はお菓子（かし）〔零食〕ばかり食（た）べています。

★「ばかり」用以強調局限性，表達對孩子只吃零食而不注意均衡飲食的行為感到擔心與失望。

4 別老是睡懶覺，過來幫忙啦！

寝（ね）〔睡覺〕てばかりいないで、手伝（てつだ）〔幫忙〕ってよ。

★這裡的「ばかり」用來指出對方總是處於睡覺的狀態，並強烈要求對方停止這個行為，積極地去提供幫助。

5 爸爸老是在喝酒。

お父（とう）さんはお酒（さけ）〔酒〕を飲（の）〔喝〕んでばかりいます。

★這裡的「ばかり」用以表達説話人對父親總是喝酒這一行為的不滿與擔憂，期望他能改變這一狀況。

grammar
012
Track 012

～でも

1. …之類的；2. 就連…也

類義表現
とか
…啦

接續方法 ▸ {名詞} ＋でも

1【舉列】用於隨意舉例。表示雖然含有其他的選擇，但還是舉出一個具代表性的例子，是一種輕鬆的建議，如例（１）～（３）。

2【極端的例子】先舉出一個極端的例子，再表示其他一般性的情況當然是一樣的，如例（４）、（５）。

例子 ↓ 輕鬆舉例 ↓ 動作 ↓

お帰(かえ)りなさい。お茶(ちゃ)でも飲(の)みますか。

你回來了。要不要喝杯茶？

為了慰勞老公一天工作的辛苦。要不要喝杯茶啊？

「でも」表示輕鬆提供喝茶作為一個選擇，暗示對方可以選擇喝茶或其他。

☞ 文法應用例句

2 要不要去看部電影呢？

映画(えいが)〔電影〕でも行(い)きませんか。

★「でも」用以輕鬆地提出看電影作為一個選擇，暗示對方可以選擇看電影或其他活動，讓對方感受到無壓力的建議。

3 至少想讓孩子學個鋼琴之類的樂器。

子(こ)どもにピアノ〔鋼琴〕でも習(なら)〔學習〕わせたい。

★「でも」用以輕鬆地舉出鋼琴作為一個例子，表示說話人可能會選擇讓孩子學習鋼琴或其他樂器，顯示出開放的態度。

4 就連日本人，也都會有不會唸的漢字。

日本人(にほんじん)でも読(よ)〔能唸〕めない漢字(かんじ)〔漢字〕があります。

★「でも」用來舉出一個極端的例子，即使對日本人來說，這種情況也是存在的，強調了閱讀漢字的困難性，突顯出漢字的獨特性。

5 這種事連小學生都知道吧！

このことは、小学生(しょうがくせい)〔小學生〕でも知(し)〔知道〕っているでしょう。

★「でも」用來舉出一個極端的例子，即使是小學生，這種事也是該知道的，強調了了解這件事情是相當基本的，讓人明白這是常識。

grammar
013
Track 013

疑問詞＋でも
無論、不論、不拘

類義表現
疑問詞＋も
無論…都…

接續方法 ▸ {疑問詞} ＋でも

1【全面肯定或否定】「でも」前接疑問詞時，表示全面肯定或否定，也就是沒有例外，全部都是。句尾大都是可能或容許等表現。

2〖×なにでも〗沒有「なにでも」的說法。

疑問詞　不論　都可能
↓　↓　↓

なんでも相談(そうだん)してください。
什麼都可以找我商量。

☞ 文法應用例句

2 **這種東西誰都做得出來。**

これは誰(だれ)でも作(つく)れます。（作れ：會製做）

★「誰＋でも」用在肯定的語氣中，表示無論是誰，都可以製作這個東西。語氣中有一種包容和鼓勵的意味。

3 **隨時都樂於幫你忙的。**

いつでも手伝(てつだ)ってあげます。（手伝って：幫忙）

★「いつ＋でも」表示隨時可以幫忙，全面肯定並表達說話人樂意提供幫助的意願。

4 **茶或咖啡，哪一種都可以。**

お茶(ちゃ)とコーヒーと、どちらでもいいです。（茶：茶；コーヒー：咖啡）

★「どちら＋でも＋肯定」表示無論是「茶或咖啡」哪個選擇都可以，有一種開放和彈性的意味。

5 **哪裡都找不到工作。**

どこでも、仕事(しごと)を見(み)つけることができませんでした。（見つける：找到）

★「どこ＋でも＋否定」用在否定的語氣中，表示無論在哪裡都找不到工作，表達了一種挫敗和失望的情感色彩。

grammar **014**
Track 014

疑問詞＋～か

…呢

類義表現
疑問詞＋が 疑問詞作為主語

接續方法 ▶ {疑問詞}＋{名詞；形容動詞詞幹；[形容詞・動詞]普通形}＋か

1 **【不確定】** 表示疑問，也就是對某事物的不確定。當一個完整的句子中，包含另一個帶有疑問詞的疑問句時，則表示事態的不明確性。

2 **〖省略助詞〗** 此時的疑問句在句中扮演著相當於名詞的角色，但後面的助詞「は、が、を」經常被省略。

疑問詞（誰）　表不確定（か）

例 1 外(そと)に誰(だれ)がいるか見(み)て来(き)てください。

請去看看誰在外面。

準備要睡覺了，怎麼窗外有個人影！「北鼻～好像有人在外面耶，人家好怕噢！」

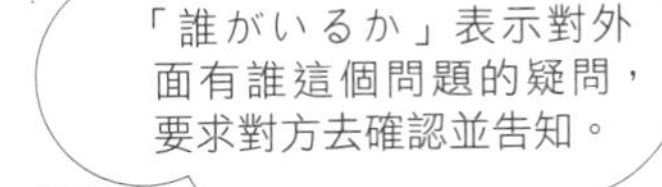

☞ 文法應用例句

2 請告訴我電影幾點放映。

映画(えいが)は何時(なんじ)から始(はじ)まる（開始）か教(おし)えて（告訴）ください。

★「何時から始まるか」表示對電影放映時間的問題，詢問對方提供答案。

3 你到底做了什麼事，從實招來！

何(なに)をしたか正直(しょうじき)（誠實的）に言(い)いなさい。

★「何をしたか」表示對對方做了什麼事的問題，要求對方坦率地回答。

4 我已經忘記誰來過派對了。

パーティー（派對）に誰(だれ)が来(き)たか忘(わす)れて（忘記）しまいました。

★「誰が来たか」表示對參加派對的人的問題，表明說話人已經忘記了。

5 我不知道該讀哪種書才好。

どんな本(ほん)（書籍）を読(よ)めばいいか分(わ)かり（知道）ません。

★「どんな本を読めばいいか」表示對應該讀什麼樣的書的問題，表明說話人不知道該怎麼做出選擇。

grammar

015 ～とか～とか

Track 015

1. …啦…啦、…或…、及…；3. 又…又…

類義表現

たり～たりする

…或者…或者

接續方法 ▶ {名詞；[形容詞・形容動詞・動詞]辭書形}＋とか＋{名詞；[形容詞・形容動詞・動詞]辭書形}＋とか

1【列舉】「とか」上接同類型人事物的名詞之後，表示從各種同類的人事物中選出幾個例子來說，或羅列一些事物，暗示還有其它，是口語的說法，如例（1）～（4）。

2〖只用とか〗有時「～とか」僅出現一次，如例（5）。

3【不明確】列舉出相反的詞語時，表示說話人不滿對方態度變來變去，或弄不清楚狀況。例如：「息子夫婦は、子どもを産むとか産まないとか言って、もう7年くらいになる／我兒子跟媳婦一會兒又說要生小孩啦，一會兒又說不生小孩啦，這樣都過7年了。」

例子　舉例，暗含其他　對象　動作

例1 赤（あか）とか青（あお）とか、いろいろな色（いろ）を塗（ぬ）りました。

或紅或藍，塗上了各種的顏色。

哇！這幅畫塗上好幾種顏色呢！有哪些顏色呢？看「とか」前面，原來有「赤」（紅色）跟「青」（藍色）。

「赤とか青とか」表示塗了紅色、藍色等顏色，同時也暗示可能還塗了其他顏色。

☞ 文法應用例句

2 常有人誇獎我真漂亮、真可愛之類的。

きれいだ（漂亮的）とか、可愛（かわい）い（可愛的）とか、よく言（い）われます。

★「とか～とか」用於舉例，表示尚有其他類似的讚美，強調這些讚美並非全部，但足以表達人們對她的讚美。

3 我的興趣是看看漫畫啦，還有聽聽音樂。

趣味（しゅみ）（興趣）は、漫画（まんが）を読（よ）むとか、音楽（おんがく）（音樂）を聞（き）く（聆聽）とかです。

★「とか～とか」用於舉例，表示尚有其他相似的興趣，強調這些興趣愛好並非詳盡無遺，但足以展現多樣性。

4 疲倦的時候，看是要早點睡覺，還是吃甜食都好喔。

疲（つか）れた（疲倦了）ときは、早（はや）く（早的）寝（ね）るとか、甘（あま）い（甜的）ものを食（た）べるとかするといいよ。

★「とか～とか」用於舉例，表示尚有其他類似的放鬆方式，強調這些方法並非詳盡無遺，但足以提供選擇。

5 還是偶爾要運動比較好喔，比如打打球網球什麼的。

ときどき（偶爾）運動（うんどう）し（做運動）たほうがいいよ。テニス（網球）とか。

★「とか」用於舉例，表示尚有其他類似的運動，強調這項運動並非詳盡無遺，但足以突顯運動的多樣性和選擇性。

grammar **016** Track 016

～し

1. 既…又…、不僅…而且…；2. 因為…

類義表現
から
因為…

接續方法 ▸ {[形容詞・形容動詞・動詞]普通形}＋し

1【並列】用在並列陳述性質相同的複數事物同時存在，或說話人認為兩事物是有相關連的時候，如例（1）～（4）。

2【理由】表示理由，但暗示還有其他理由。是一種表示因果關係較委婉的説法，但前因後果的關係沒有「から」跟「ので」那麼緊密，如例（5）。

主題　同性質事物　並列

例1 この町(まち)は、工業(こうぎょう)も盛(さか)んだし商業(しょうぎょう)も盛(さか)んだ。

這城鎮不僅工業很興盛，就連商業也很繁榮。

哇！近幾年來，這個小鎮由於鎮長的優良施政，發展得真好呢！

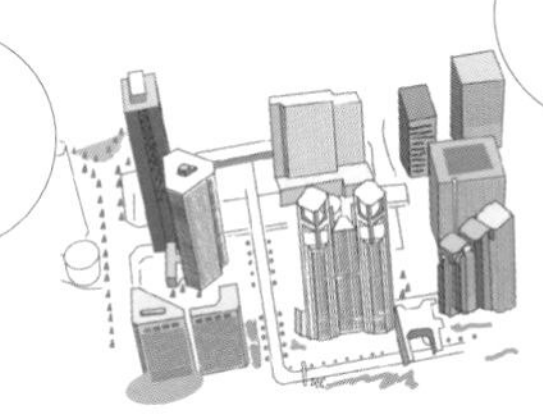

「し」並列兩種同性質的產業「工業も盛んだ」和「商業も盛んだ」，表示這個城鎮的工業和商業都很繁榮。

文法應用例句

2 **我家的公寓不但寬敞，而且離車站又近。**

うちのアパート(公寓)は、広(ひろ)(寬敞的)いし駅(えき)(車站)にも近(ちか)い。

★「し」在此例中表示對公寓的兩點並列描述：「寬敞且離車站近」，暗示兩者的優點互相補充。

3 **三田村先生不但有個漂亮的太太，孩子也很成器。**

三田村(みたむら)は、奥(おく)さんはきれいだし子(こ)ども(小孩)もよくできる(成材)。

★「し」在此例表示對三田村的妻子與孩子兩點並列描述：「太太漂亮且孩子表現優秀」，暗示兩者互相補充。

4 **不但肚子餓了，而且喉嚨也渴了。**

おなかもすいた(餓了)し、喉(のど)(喉嚨)も渇(かわ)いた(乾渴了)。

★「し」在此例表示說話人並列描述兩感受：「肚子餓且喉嚨渴」，暗示兩者互相關聯。

5 **看來也快下雨了，今天就先回家了。**

雨(あめ)が降(ふ)り(下（雨）)そうだし、今日(きょう)はもう帰(かえ)ります(回家)。

★「し」表示「雨が降りそうだ（看起來要下雨了）」是回家的原因之一，暗示這可能還有其他原因。

grammar 017 Track 017

～の

…嗎

類義表現
句子＋ね
…嗎、…呢

接續方法 ▶ {句子}＋の

【疑問】用在句尾，以升調表示提出問題。一般是用在對兒童，或關係比較親密的人，為口語用法。

疑問詞　動作　尋問（口語）

行(い)ってらっしゃい。何時(なんじ)に帰(かえ)るの。
路上小心。什麼時候回來？

☞ 文法應用例句

2 怎麼了？身體不舒服嗎？

どうしたの。具合(ぐあい)悪(わる)いの。
［具合：健康狀況；悪い：不好的］

★「の」用於詢問對方的身體狀況，表示關注對方的健康情況。

3 昨天晚上你明明就喝了那麼多酒，為什麼今天還能那麼精神奕奕呢？

ゆうべはあんなにお酒(さけ)を飲(の)んだのに、どうしてそんなに元気(げんき)なの。
［酒：酒；元気：活力的］

★「の」用於詢問對方為什麼儘管昨晚大量飲酒，但卻仍然非常精神飽滿，表示關注對方的身體狀況。

4 已經洗完澡了嗎？

お風呂(ふろ)、もう出(で)たの。
［風呂：澡盆；出た：出來了］

★「の」用於詢問對方是否已經洗完澡，表示關注對方的個人衛生習慣。

5 老公！這件西裝上的口紅印是怎麼回事？

あなた。この背広(せびろ)の口紅(くちべに)は何(なん)なの。
［背広：西裝；口紅：口紅］

★「の」用於詢問對方西裝上的口紅印跡是怎麼回事，表示關注對方的行為和經歷。

grammar
018
Track 018

～だい

…呢、…呀

類義表現
かい …嗎

接續方法 ▸ {句子}＋だい

【疑問】接在疑問詞或含有疑問詞的句子後面，表示向對方詢問的語氣，有時也含有責備或責問的口氣。成年男性用言，用在口語，説法較為老氣。

關注話題 ↓　疑問詞 ↓　表疑問（男性用語）↓

田舎（いなか）のおかあさんの調子（ちょうし）はどうだい。

鄉下母親的狀況怎麼樣？

今天社長心情不錯，還問了我家鄉老母的近況。

用男性用語的「だい（…呢）」來問。表明了對方母親的狀況是這句話的關注重點。

☞ 文法應用例句

2 這是怎樣做出來的哩？

これ、どうやって作（つく）【製作了】ったんだい。

★用男性口語的「だい（…呢）」來問，帶有興趣、好奇的語氣，表明對製作方法的關注。

3 是誰說那種話的呀？

誰（だれ）【誰】がそんなことを言（い）【說了】ったんだい。

★用男性口語的「だい（…呢）」來問，帶有懷疑、詢問的語氣，表明對說話人的身分或對話內容的關注。

4 開學典禮會場在哪裡？

入学式（にゅうがくしき）【開學典禮】の会場（かいじょう）【會場】はどこだい。

★用男性口語的「だい（…呢）」來問，帶有期待、迫不及待的語氣，表明對入學典禮的會場位置的關注。

5 你的嗜好是啥？

君（きみ）の趣味（しゅみ）【興趣】は何（なん）だい。

★用男性口語的「だい（…呢）」來問，帶有好奇、詢問的語氣，表明對對方興趣的關注，並期待對方分享自己的興趣。

grammar 019 Track 019

～かい

…嗎

類義表現
句子＋か 嗎、呢

接續方法 ▶ {句子}＋かい

【疑問】放在句尾，表示親暱的疑問。用在句尾讀升調。一般為年長男性用語。

關注話題　表疑問（男性用語）

花見（はなみ）は楽（たの）しかったかい。

賞花有趣嗎？

上星期日小愛不是到上野公園賞櫻去了嗎？

「かい」來詢問，表明了對方在賞櫻花活動中，是否享受的情況是這句話的關注重點。

☞ 文法應用例句

2 你來自東北嗎？

君（きみ）、出身（しゅっしん）〔來自〕は東北（とうほく）かい。

★「かい」來詢問，表明了對方的出生地是否在東北地方是這句話的關注重點。

3 身體狀況已經恢復了嗎？

体（からだ）〔身體〕の具合（ぐあい）〔狀況〕はもういいのかい。

★「かい」來詢問，表示對方的健康狀況是否已經好轉是這句話的關注重點。

4 那字典對你有幫助嗎？

その辞書（じしょ）〔字典〕は役（やく）に立（た）つ〔有幫助〕かい。

★「かい」來詢問，表明了自己的字典是否對對方有幫助是這句話的關注重點。

5 錢包找到了嗎？

財布（さいふ）〔錢包〕は見（み）つかった〔找到了〕かい。

★「かい」來詢問，表示對方的錢包是否已經找到是這句話的關注重點。

grammar **020**
Track 020

～な

不准…、不要…

類義表現
てはいけない 不准…、不許…、不要…

接續方法 ▶ {動詞辭書形} ＋な

【禁止】表示禁止或勸阻。命令對方不要做某事、禁止對方做某事的說法。由於說法比較粗魯，所以大都是直接面對當事人說。一般用在對孩子、兄弟姊妹或親友時。也用在遇到緊急狀況或吵架的時候。

發生時間 ↓　禁止動作 ↓　禁止 ↓

病気(びょうき)のときは、無理(むり)をするな。

生病時不要太勉強了！

女兒一個人在外打拼，這下子生病了！媽媽又心疼、又擔心的！

用「な」來命令女兒，在生病時不應勉強自己，希望女兒避免這樣的行為。

☞ 文法應用例句

2 **喂，上課時不准睡覺！**

こら、授業中(じゅぎょうちゅう)に寝(ね)るな。　（授課）

★用「な」來命令學生，禁止在上課時打瞌睡，希望學生停止這樣的行為。

3 **加油點，千萬別輸了！**

がんばれよ。ぜったい負(ま)けるなよ。　（絕對／敗，輸）

★用「な」來鼓勵對方，希望對方不要輕易放棄，在比賽中全力以赴，堅定勝利的信念。

4 **不要把行李放在這裡！很擋路。**

ここに荷物(にもつ)を置(お)くな。じゃまだ。　（行李／放置）

★用「な」來命令對方，因為行李會擋到路，不應將行李放在此處，希望對方改善這樣的行為，以避免造成不必要的困擾。

5 **（警示牌）前方危險，禁止進入！**

（看板(かんばん)）この先(さき)危険(きけん)。入(はい)るな。　（危險的／進入）

★用「な」來命令路過的人，警告對方前方危險，禁止進入。希望路過的人能夠注意安全，避免受到傷害。

grammar

021 ～さ

Track 021

…度、…之大

類義表現
形容詞＋み 表示狀態

接續方法 ▸ {[形容詞・形容動詞] 詞幹} ＋さ

【程度】接在形容詞、形容動詞的詞幹後面等構成名詞，表示程度或狀態。也接跟尺度有關的如「長さ（長度）、深さ（深度）、高さ（高度）」等，這時候一般是跟長度、形狀等大小有關的形容詞。

形容詞 程度 動作

例 1 北国（きたぐに）の冬（ふゆ）の厳（きび）しさに驚（おどろ）きました。

北方地帶冬季的嚴寒令我大為震撼。

冬天去了一趟北海道，在深山裡遇到暴風雪，面對大自然嚴峻的挑戰，讓我深感敬畏。

「厳しさ（嚴苛程度）」，「さ」表示寒冷的程度很高。表對北國冬季嚴峻環境的驚訝和印象。

☞ 文法應用例句

2 我為她的美麗而傾倒。

彼女（かのじょ）の美（うつく）しさ［美麗的］にひかれ［吸引］ました。

★「美しさ（美麗的程度）」，「さ」表示美麗的程度非常高。這句話表達出對女性絕美外貌的吸引力。

3 為他的溫柔體貼而感動。

彼（かれ）の心（こころ）［心地］の優（やさ）しさ［和善的］に、感動（かんどう）しました［感動了］。

★「優しさ（溫柔的程度）」，「さ」表示溫柔體貼的程度非常高。這句話表達出對男性貼心行為的感動之情。

4 這家店以美味與便宜而聞名。

この店（みせ）は、おいしさと安（やす）さ［平價的］で評判（ひょうばん）［名氣］です。

★「おいしさ（美味程度）」和「安さ（便宜程度）」，「さ」表示美味的程度非常高，同時也非常便宜。表示這家店因美味和價格低廉而受到好評。

5 工作時的仔細，有時候會導致工作的延遲。

仕事（しごと）の丁寧（ていねい）さ［仔細的］は、仕事（しごと）の遅（おそ）さ［遲緩的］につながることもある。

★「丁寧さ（仔細程度）」，「さ」表示非常仔細的程度。這句話表達出過度關注細節可能會導致工作的拖延。

grammar 022 Track 022

～らしい

1. 好像…、似乎…；2. 說是…、好像…；3. 像…樣子、有…風度

類義表現
ようだ
好像…

接續方法 ▶ {名詞；形容動詞詞幹；[形容詞・動詞] 普通形} ＋らしい

1【據所見推測】表示從眼前可觀察的事物等狀況，來進行想像性的客觀推測，如例（1）、（2）。

2【據傳聞推測】表示從外部來的，是說話人自己聽到的內容為根據，來進行客觀推測。含有推測、責任不在自己的語氣，如例（3）、（4）。

3【樣子】表示充分反應出該事物的特徵或性質，如例（5）。

眼前狀況 ↓　想像推測 ↓　推測 ↓

例1 王さんがせきをしている。風邪を引いているらしい。
王先生在咳嗽。他好像是感冒了。

唉呀！怎麼在咳嗽呢？

「らしい」表示說話者根據眼前王先生的咳嗽現象，推測他可能感冒了。

☞ 文法應用例句

2 地面是濕的。半夜好像下過雨的樣子。

地面が濡れている。夜中に雨が降ったらしい。

★「らしい」表示說話人根據眼前地面是濕的狀況，推測半夜可能下過雨，但也可能有其他原因造成地面濕潤。

3 大家都在說，那個人似乎其實是位男士。

みんなの噂では、あの人は本当は男らしい。

★「らしい」表示說話人根據其他人的傳聞，推測那個人可能是男性，但並不確定，也有可能是錯誤的傳聞。

4 照老師所說，這次的考試好像會很難的樣子。

先生がおっしゃるには、今度の試験はとても難しいらしいです。

★「らしい」表示說話人根據老師的發言，推測這次的考試可能很困難，但也可能是老師的主觀判斷，實際情況仍需進一步觀察。

5 大石小姐給人感覺很有日本人的風韻。

大石さんは、とても日本人らしい人です。

★「らしい」表示大石小姐的樣子、舉止等，都非常符合典型的日本人特徵，但她不一定是日本人，可能是其他國家的人。

grammar

023

Track 023

～がる（～がらない）

覺得…（不覺得…）、想要…（不想要…）

類義表現

たがる、たがらない

想…、不想…

接續方法 ▸ {[形容詞・形容動詞]詞幹}＋がる、がらない

1【感覺】表示某人説了什麼話或做了什麼動作，而給説話人留下這種想法，有這種感覺，想這樣做的印象，「がる」的主體一般是第三人稱，如例（1）～（3）。

2〖を＋ほしい〗當動詞為「ほしい」時，搭配的助詞為「を」，而非「が」，如例（4）。

3〖現在狀態〗表示現在的狀態用「～ている」形，也就是「がっている」，如例（5）。

第三人稱主體　察覺的態度　感覺
↓　↓　↓

みんながいやがる仕事(しごと)を、進(すす)んでやる。

大家都不想做的工作，就交給我做吧！

大家都挑好做的案子，剩下都是些費時的案子。

「がる」表示説話者觀察到其他人對該工作的「いや（不喜歡）」的態度。

☞ 文法應用例句

2

（在醫院裡）不必害怕喔，這不會痛的。

（病院(びょういん)で）怖(こわ)がらなくていいですよ、痛(いた)くないですから。

［醫院］［可怕的］［疼痛的］

★「がる」表示説話人觀察到病人對於醫護人員的行為感到「怖い（害怕）」的態度，鼓勵病人不必害怕因為這不會痛。

3

小孩嫌麻煩，不願打掃房間。

子(こ)どもがめんどうがって部屋(へや)の掃除(そうじ)をしない。

［麻煩的］［打掃］

★「がる」表示説話人觀察到小孩對打掃房間的工作感到「めんどう（煩惱）」的態度，表示小孩不想做打掃工作。

4

妻子很想要一件漂亮的洋裝。

妻(つま)がきれいなドレスをほしがっています。

［妻子］［洋裝］

★「がる」表示説話人觀察到妻子對漂亮洋裝的「ほしい（想要）」的態度，表示妻子希望擁有漂亮的洋裝。

5

因為你不來，大家都覺得非常可惜。

あなたが来(こ)ないので、みんな残念(ざんねん)がっています。

［可惜的］

★「がる」表示説話人觀察到其他人對聽話者未能參加的「残念（遺憾）」的態度，表示其他人很遺憾聽話者未能參加。

grammar

024 ～たがる（～たがらない）

Track 024

想…（不想…）

類義表現
たい 想…

接續方法 ▶ {動詞ます形}＋たがる（たがらない）

1【希望】是「たい的詞幹」＋「がる」來的。用在表示第三人稱，顯露在外表的願望或希望，也就是從外觀就可看對方的意願，如例（1）、（2）。

2〔否定－たがらない〕以「たがらない」形式，表示否定，如例（3）。

3〔現在狀態〕表示現在的狀態用「～ている」形，也就是「たがっている」，如例（4）、（5）。

第三人稱主語 ↓　察覺的動作 ↓　主語的希望 ↓

例1 娘（むすめ）が、まだ小（ちい）さいのに台所（だいどころ）の仕事（しごと）を手伝（てつだ）いたがります。

女兒還很小，卻很想幫忙廚房的工作。

女兒雖然才上幼稚園，但很懂事，已經會幫忙做家事了。

「たがる」表示說話者觀察到女兒似乎想要「手伝う（幫忙）」做廚房的工作的願望。

☞ 文法應用例句

2 孩子雖然也吵著要來，但是我讓他留在家裡了。

子（こ）どもも来（き）［來］たがったんですが、留守番（るすばん）［看家］をさせました。

★「たがる」表示說話人觀察到孩子願意「来る（跟來）」，但仍決定讓他留在家裡。

3 小孩子不願意去看牙醫。

子（こ）どもが歯医者（はいしゃ）［牙醫］に行（い）きたがらない。

★「たがらない」表示說話人觀察到孩子不願意「行く（前去）」看牙醫。

4 兒子非常渴望養狗。

息子（むすこ）は犬（いぬ）［小狗］を飼（か）［飼養］いたがっています。

★「たがる」表示說話人觀察到兒子想要「犬を飼う（養狗）」的願望。

5 4歲的女兒很希望和聖誕老公公見面。

4歳（よんさい）の娘（むすめ）［女兒］はサンタさん［聖誕老人］に会（あ）［見面］いたがっている。

★「たがる」表示說話人觀察到女兒想要「サンタさんに会う（和聖誕老公公見面）」的渴望。

Practice • 1

［第一回必勝問題］

問題一　**（　　）の　ところに　何を　入れますか。1・2・3・4から　いちばん　いい　ものを　一つ　えらびなさい。**

1　赤(あか)ん坊(ぼう)（　　）　眠(ねむ)って　います。

1 を　　2 が　　3 に　　4 へ

2　明日(あした)（　　）　本(ほん)を　返(かえ)して　ください。

1 までに　　2 から　　3 より　　4 へ

3　お茶(ちゃ)（　　）　飲(の)みませんか。

1 に　　2 でも　　3 で　　4 にも

4　あの　人(ひと)は　いつも　本(ほん)（　　）　読(よ)んで　います。

1 しか　　2 でも　　3 ばかり　　4 にも

5　お菓子(かし)は、ケーキ（　　）　アイスクリーム（　　）が　たくさんあります。

1 し／し　　2 や／や　　3 も／も　　4 とか／とか

6　あの　レストランの　値段(ねだん)は　高(たか)い（　　）　不味(まず)い（　　）、店員(てんいん)も　優(やさ)しくない。

1 し／し　　2 て／て　　3 に／に　　4 が／が

7　彼女(かのじょ)は　勉強(べんきょう)も　できる（　　）、スポーツも　上手(じょうず)です。

1 し　　2 と　　3 に　　4 て

8　となりの　部屋(へや)の　音(おと)（　　）　うるさい。

1 を　　2 が　　3 に　　4 て

9　この冬(ふゆ)は、（　　）が　厳(きび)しいですね。

1 さむい　　2 さむかた　　3 さむさ　　4 さむいの

10 その　映画（えいが）は　もう　3回（さんかい）（　　）見（み）ましたよ。

1 が　　2 を　　3 も　　4 の

11 私（わたし）も（　　）指輪（ゆびわ）が　ほしい。

1 あんな　　2 ああ　　3 あそこ　　4 あれ

12 どうして　朝（あさ）ごはんを　食（た）べない（　　）？

1 ばかり　　2 の　　3 な　　4 し

13 日本料理（にほんりょうり）は　何（なん）（　　）好（す）きです。

1 を　　2 が　　3 は　　4 でも

14 もう　宿題（しゅくだい）は　終（お）わった（　　）？

1 が　　2 を　　3 も　　4 の

問題二

（　）の　ところに　何を　入れますか。1・2・3・4から　いちばん　いい　ものを　一つ　えらびなさい。

1 この　エレベーターは（　　）安全（あんぜん）です。

1 あたらしい　　2 あたらしいで

3 あたらしくので　　4 あたらしいので

2 子（こ）どもは　学校（がっこう）に（　　）たがらない。

1 行（い）き　　2 行く　　3 行って　　4 行くと

3 危（あぶ）ないから、あの　川（かわ）で（　　）な。

1 およげ　　2 およぎ　　3 およぐ　　4 およいで

4 あんなに（　　）のに、どうして　不合格（ふごうかく）なのだろう。

1 勉強（べんきょう）　　2 勉強した　　3 勉強し　　4 勉強して

5 たいていの　子（こ）どもは　アイスクリームを（　　）がります。

1 ほしくて　　2 ほしく　　3 ほしい　　4 ほし

問題三　**（　　）の　ところに　何を　入れますか。1・2・3・4から　いちばん　いい　ものを　一つ　えらびなさい。**

1　私(わたし)は　何(なに)も　（　　）。

1 食(た)べたいです　　2 食べたがって　います
3 食べたく　ないです　　4 食べたがって　いません

2　先月(せんげつ)　美術館(びじゅつかん)に　入(はい)った　泥棒(どろぼう)は、捕(つか)まった（　　）。

1 らしいく　　2 らしいだ　　3 らしく　　4 らしい

3　私(わたし)の　髪(かみ)の　（　　）は　妹(いもうと)と　だいたい　同(おな)じです。

1 長(なが)くて　　2 長く　　3 長い　　4 長さ

4　（　　）失礼(しつれい)な　ことは　いえないよ。

1 そこ　　2 それ　　3 そんな　　4 そちら

5　（　　）いう　ことは　言(い)わない　ほうが　いい。

1 あそこ　　2 あれ　　3 あんな　　4 ああ

詞類的活用 (2)

»» 內容

日文小祕方 1 ▸ 被動形

動詞的被動形變化

1 第一類（五段動詞）

將動詞辭書形變成“ない”形，然後將否定形的“ない”去掉，最後加上“れる”就可以了。

例如：

洗(あら)う → 洗(あら)わない → 洗(あら)わ → 洗(あら)われる

触(さわ)る → 触(さわ)らない → 触(さわ)ら → 触(さわ)られる

作(つく)る → 作(つく)らない → 作(つく)ら → 作(つく)られる

2 第二類（一段動詞）

去掉動詞辭書形辭尾“る”，再加上“られる”就可以了。

例如：

調(しら)べる → 調(しら)べ → 調(しら)べられる

開(あ)ける → 開(あ)け → 開(あ)けられる

忘(わす)れる → 忘(わす)れ → 忘(わす)れられる

3 第三類（カ・サ変動詞）

將来(く)る變成“来(こ)られる”；將する變成“される”

例如：

来(く)る → 来(こ)られる　　する → される　　電話(でんわ)する → 電話(でんわ)される

動詞的被動形的意思

表示被動。日語的被動態，一般可分為「直接被動」和「間接被動」。

1 直接被動

表示某人直接承受到別人的動作。被別人怎樣的人做主語，句型是「主語が／は（だれか）に～（さ）れる」。但是實行動作的人是以感情、語言為出發點時，「に」可以改用「から」；又表達社會活動等，普遍為大家知道的事（主語），這時候由於動作主體沒辦法特定，所以一般文中不顯示；又動詞用「作る（做）、書く（寫）、建てる（蓋）、発明する（發明）、設計する（設計）」等，表達社會對作品、建築等的接受方式，大多用在事實的描寫文。

2 間接被動

由於別人的動作，而使得身體的一部分或所有物等，間接地承受了某人的動作。接受動作的人為主語，但常被省略，實行動作的人用「に」表示。句型是「主語が／は（だれか）に（主語の所有物など）を～（さ）れる」。另外，由於天氣等自然現象的作用，而間接受到某些影響時。這時一般為自動詞。「間接被動」一般用在作為主語的人，因為發生某事態，而間接地受到麻煩或災難。中文的意思是「被…」。

祕方習題 1 ▸ 請寫出下列表中動詞的被動形

- 踏(ふ)む ▶
- 招待(しょうたい)する ▶
- 壊(こわ)す ▶
- 使(つか)う ▶
- 比(くら)べる ▶
- 運(はこ)ぶ ▶
- 下(さ)げる ▶
- 笑(わら)う ▶
- 邪魔(じゃま)する ▶
- 叱(しか)る ▶
- 直(なお)す ▶
- かける ▶
- 呼(よ)ぶ ▶
- 売(う)る ▶
- もらう ▶
- 思(おも)う ▶
- 知(し)る ▶
- 待(ま)つ ▶
- 包(つつ)む ▶
- 盗(ぬす)む ▶

grammar 001 Track 025

(ら)れる

1. 被…；2.(被)…；3. 被…

類義表現
(さ)せる(使役)
讓…

接續方法 ▸ {[一段動詞・カ變動詞]被動形}＋られる；{五段動詞被動形；サ變動詞被動形さ}＋れる

1【直接被動】表示某人直接承受到別人的動作，如例(1)、(2)。

2【客觀說明】表示社會活動等普遍為大家知道的事，是種客觀的事實描述，如例(3)。

3【間接被動】由於某人的行為或天氣等自然現象的作用，而間接受到麻煩(受害或被打擾)，如例(4)、(5)。

動作接受者 ↓ 動作發起者 ↓ 直接被動 ↓

例1 弟(おとうと)が犬(いぬ)にかまれました。

弟弟被狗咬了。

哇！弟弟被狗咬了，好痛的樣子喔！

動詞「かむ(咬)」加上「(ら)れる」構成的被動形式，表示弟弟被狗咬了。

文法應用例句

2 雖然得到了老師的稱讚，卻被班上的同學討厭了。

先生(せんせい)にはほめられ(稱讚)たけれど、クラス(班級)のみんなには嫌(きら)われた。

★「ほめる(稱讚)」和「嫌う(討厭)」加上「(ら)れる」構成的被動形式，表示說話人被老師稱讚，但同時被同學所不喜歡。

3 考試將在2月舉行。

試験(しけん)(考試)は2月(にがつ)に行(おこな)(舉行)われます。

★被動形式「行われる」表示試驗是被組織所安排的，而不是由主語(考試)本身執行的動作，因此客觀地描述了考試的舉行日期。

4 在電車上被色狼摸了臀部。

電車(でんしゃ)で痴漢(ちかん)(色狼)にお尻(しり)(臀部)を触(さわ)られた。

★敘述了受到動作「触る(摸)」的「お尻(屁股)」，表達了句子的主角因此間接遭受到了性騷擾的不幸遭遇。

5 去學校途中，被雨淋濕了。

学校(がっこう)(學校)に行(い)く途中(とちゅう)(途中)で、雨(あめ)に降(ふ)られました。

★敘述說話人受到「降る(下雨)」動作的影響，使得句子的主角在學校路上間接受到了被淋濕的遭遇。

日文小秘方 2 ▸ 敬語

特別形

特別形動詞	尊敬語	謙讓語
します	なさいます	いたします
来(き)ます	いらっしゃいます	まいります
行(い)きます	いらっしゃいます	まいります
います	いらっしゃいます	おります
見(み)ます	ご覧(らん)になります	拝見(はいけん)します
言(い)います	おっしゃいます	申(もう)します
寝(ね)ます	お休(やす)みになります	
死(し)にます	お亡(な)くなりになります	
飲(の)みます	召(め)し上(あ)がります	いただきます
食(た)べます	召(め)し上(あ)がります	いただきます
会(あ)います		お目(め)にかかります
着(き)ます	お召(め)しになります	
もらいます		いただきます
聞(き)きます		伺(うかが)います
訪問(ほうもん)します		伺(うかが)います
知(し)っています	ご存(ぞん)じです	存(ぞん)じております
～ています	～ていらっしゃいます	～ております
～てください	お～ください	

秘方習題 2 ▸ 請選出最恰當的敬語表現

1 先生(せんせい)は　手紙(てがみ)に　「お元気(げんき)で」と　（　　）。

A　お書(か)き　します
B　書(か)いて　おります
C　お書(か)きに　なりました
D　ご書(か)きに　なりました

2 ご両親(りょうしん)は　もう　（　　）か。

A　帰(かえ)りいたして　います
B　お帰(かえ)りました
C　お帰(かえ)りして　おります
D　お帰(かえ)りに　なりました

3 先週(せんしゅう)、社長(しゃちょう)に　この　資料(しりょう)を　（　　）。

A　お送(おく)り　なされました
B　送(おく)られた
C　お送(おく)り　しました
D　お送(おく)りに　なりました

4 もし　よかったら、一度(いちど)　ご本人(ほんにん)に　（　　）。

A　お目(め)に　かかりたいのですが
B　ご会(あ)い　したいのですが
C　伺(うかが)いたいのですが
D　拝見(はいけん)したいのですが

5 先輩(せんぱい)、お茶(ちゃ)を　（　　）か。

A　いただきます
B　もらいます
C　召(め)し上(あ)がります
D　お飲(の)みいたします

grammar

002 お～になる、ご～になる

Track 026

類義表現
（ら）れる
表尊敬

接續方法 ▸ お＋{動詞ます形}＋になる；ご＋{サ變動詞詞幹}＋になる

1【尊敬】動詞尊敬語的形式，比「（ら）れる」的尊敬程度要高。表示對對方或話題中提到的人物的尊敬，這是為了表示敬意而抬高對方行為的表現方式，所以「お～になる」中間接的就是對方的動作，如例（1）～（3）。

2〖ご＋サ変動詞＋になる〗當動詞為サ行變格動詞時，用「ご～になる」的形式，如例（4）、（5）。

尊敬對象 ↓　對方動作 ↓　對象 ↓　動詞希望形 ↓

例1 先生（せんせい）がお書（か）きになった小説（しょうせつ）を読（よ）みたいです。

我想看老師所寫的小說。

☞ 文法應用例句

2 **昨天晚上您睡得好嗎？**

ゆうべ（昨晚）はよくお休（やす）（休息）みになれましたか。

★「お休みになる」是對對方「休む（休息）」這一行為的敬語表現，表示對對方的尊敬和禮貌。

3 **聽說師母病倒了。**

先生（せんせい）の奥（おく）さん（(他人) 太太）がお倒（たお）れ（病倒）になったそうです。

★「お倒れになる」是對師母「倒る（病倒）」這一行為的敬語表現，表示對師母的尊敬和禮貌。

4 **經理已經出發了。**

部長（ぶちょう）（部長）はもうご出発（しゅっぱつ）（出發）になりました。

★「ご出発になる」是對經理「出發する（出發）」這一行為的敬語表現，表示對經理的尊敬和禮貌。

5 **超過65歲的人士可用半價搭乘。**

65歳以上（ろくじゅうごさいいじょう）の方（かた）（人）は、半額（はんがく）（半價）でご利用（りよう）（使用）になれます。

★「ご利用になる」是對高齡長輩「利用する（使用）」這一行為的敬語表現，表示對高齡長輩的尊敬和禮貌。

grammar

003

Track 027

(ら)れる

類義表現

(ら) れる

被…

接續方法 ▶ {[一段動詞・カ變動詞]被動形}＋られる；{五段動詞被動形；サ變動詞被動形さ}＋れる

【尊敬】表示對對方或話題人物的尊敬，就是在表敬意之對象的動作上用尊敬助動詞。尊敬程度低於「お～になる」。

狀態 ↓　　動詞敬語形（對方動作）↓

例1 もう具合（ぐあい）はよくなられましたか。

您身體有好一些了嗎？

巡病房的護士來看生病住院的爸爸。

「なられる」是「なる（變得）」的尊敬語形式，表示尊敬地詢問對方狀況是否好轉。

☞ 文法應用例句

2 社長明天將要前往巴黎。

社長（しゃちょう）は明日（あした）パリへ行（い）かれます。

★「行かれる」是「行く（前往）」的尊敬語形式，表示尊重和禮貌地敘述社長將前往巴黎。

3 您在做什麼研究？

何（なに）を研究（けんきゅう）されていますか。

★「研究される」是「研究する（研究）」的尊敬語形式，尊敬語表達對對方知識、專業的尊重，並表現對研究方向的好奇與敬意。

4 我不知道原來古澤小姐這麼擅長做菜。

古沢（ふるさわ）さんがこんなに料理（りょうり）をされるとは知（し）りませんでした。

★「される」是「する（做）」的尊敬語形式，尊敬語表達尊重古澤小姐做菜技能，展示謙虛與讚賞。

5 您是第一次來到金澤嗎？

金沢（かなざわ）に来（こ）られたのは初（はじ）めてですか。

★「来られる」是「来る（來到）」的尊敬語形式。尊敬語表達尊重、禮貌，展現歡迎與好奇。

grammar 004 Track 028

お＋名詞、ご＋名詞

您…、貴…

類義表現
お～いたす、ご～いたす
表尊敬

接續方法 ▸ お＋{名詞}；ご＋{名詞}

1【尊敬】後接名詞（跟對方有關的行為、狀態或所有物），表示尊敬、鄭重、親愛，另外，還有習慣用法等意思。基本上，名詞如果是日本原有的和語就接「お」，如「お仕事（您的工作）、お名前（您的姓名）」，如例（１）、（２）。

2〖ご＋中國漢語〗如果是中國漢語則接「ご」如「ご住所（您的住址）、ご兄弟（您的兄弟姊妹）」，如例（３）。

3〖例外〗但是接中國漢語也有例外情況，如例（４）、（５）。

尊敬　對方有關事物（名詞）請求動詞

例1 息子（むすこ）さんのお名前（なまえ）を教（おし）えてください。

請教令郎大名。

今天是第一次見到村上太太的兒子，真是好有禮貌的小孩呀！或許可以跟我女兒花子互相認識一下呢！

「お」接在對方的孩子「名前」前，表明了對對方兒子名字的尊敬和禮貌。

☞ 文法應用例句

2 敬請保重玉體。

お体（からだ）を大切（たいせつ）になさってください。

（身體）（保重的）

★「お」接在身體「体」前，表示尊敬地要求對方重視自己的健康。

3 這是結婚的賀禮，只不過是一點小小的心意。

つまらない物（もの）ですが、ご結婚（けっこん）のお祝（いわ）いです。

（不值錢的）（賀禮）

★「お」接在賀禮「祝い」前，表示尊敬地送上對對方結婚的祝福。

4 馬上就要新年了。

もうすぐお正月（しょうがつ）ですね。

（新年）

★「お」接在新年「正月」前，表示尊敬地提醒對方即將到來的新年。

5 要不要吃一些點心呢？

お菓子（かし）を召（め）し上（あ）がりませんか。

（零食）（食用）

★「お」接在點心「菓子」前，表示尊敬地請求對方品嚐這些點心。

grammar
005
Track 029

お～する、ご～する

我為您（們）做…

類義表現
お～になる、ご～になる 表尊敬

接續方法 ▸ お＋{動詞ます形}＋する；ご＋{サ變動詞詞幹}＋する

1【謙讓】表示動詞的謙讓形式。對要表示尊敬的人，透過降低自己或自己這一邊的人，以提高對方地位，來向對方表示尊敬，如例（1）～（3）。

2〘ご＋サ変動詞＋する〙當動詞為サ行變格動詞時，用「ご～する」的形式，如例（4）、（5）。

時間限制　通知方式　謙讓　講者動作

2、3日中に電話でお知らせします。

這兩三天之內會以電話通知您。

合作廠商展示了他們新開發的產品，看起來挺有商機的，我們內部會積極討論的，結果容我日後通知您！

「お～する」接自己的動作「知らせる（通知）」，是通過自謙，表示在通知對方時，展現出對他們的尊重和有禮的態度。

☞ 文法應用例句

2 可以借用一下洗手間嗎？

お手洗いをお借りしてもいいですか。（お手洗い：廁所；借り：借（我））

★「お～する」接自己的動作「借りる（借用）」，這是一種尊敬語形式，用來表達尊重與禮貌地借用洗手間。

3 關於上回提到的那件事，請問您考慮得怎麼樣了？

この前お話しした件ですが、考えていただけましたか。（件：事情；考え：考慮）

★「お～する」接自己的動作「話す（談話）」，是通過自謙，表示在此提到之前的談話，表達出對對方的尊重與禮貌。

4 那部分將由我們為您準備。

それはこちらでご用意します。（用意：準備）

★「ご～する」接自己的動作「用意する（準備）」，是通過自謙，來表達他們將為對方提供所需物品或服務，以顯示對對方的尊重。

5 我打算和律師商討之後再做決定。（補充：日本的醫生、律師、教師等均能尊稱為「先生」）

先生にご相談してから決めようと思います。（相談：商量；決め：決定）

★「ご～する」接自己的動作「相談する（商討）」，是通過自謙，表示在和律師商談時，展現出對律師的尊重和有禮的態度。

grammar 006 Track 030

お～いたす、ご～いたす

我為您（們）做…

類義表現
お～する、ご～する
表動詞的謙讓形式

接續方法 ▶ お＋{動詞ます形}＋いたす；ご＋{サ變動詞詞幹}＋いたす

1【謙讓】這是比「お～する」語氣上更謙和的謙讓形式。對要表示尊敬的人，透過降低自己或自己這一邊的人的說法，以提高對方地位，來向對方表示尊敬，如例（１）～（３）。

2〖ご＋サ変動詞＋いたす〗當動詞為サ行變格動詞時，用「ご～いたす」的形式，如例（４）、（５）。

動作主體　時間　謙讓 講者動作

例1 資料（しりょう）は私（わたし）が来週（らいしゅう）の月曜日（げつようび）にお届（とど）けいたします。

我下週一會將資料送達。

聽說客戶對我們公司的開發計畫感興趣，沒問題，下週一一定會把完整的資料送過去！

「お～いたす」接自己的動作「届く」（送達），是通過自謙，表示謙遜地描述遞送資料的行為，進而表達對客戶的敬意。

☞ 文法應用例句

2 我馬上就端茶出來。

ただいまお茶（ちゃ）をお出（だ）しいたします。

茶　供應

★「お～いたす」接自己的動作「出す」（端出），是通過自謙，表示尊重地提供茶水。

3 會按照順序依次叫號，所以請抽號碼牌等候。

順番（じゅんばん）にお呼（よ）びいたしますので、番号札（ばんごうふだ）を引（ひ）いてお待（ま）ちください。

順序　呼叫　號碼牌　抽

★「お～いたす」接自己的動作「呼ぶ」（呼叫），是通過自謙，表示尊重地進行叫號。

4 請隨我到會議室。

会議室（かいぎしつ）へご案内（あんない）いたします。

會議室　帶領

★「ご～いたす」接自己的動作「案内する」（帶領），是通過自謙，表示尊重地引導到會議室。

5 關於那一點由我來為您說明吧。

それについては私（わたし）からご説明（せつめい）いたしましょう。

說明

★「ご～いたす」接自己的動作「説明する」（說明），是通過自謙，表示尊重地進行解釋。

grammar 007 Track 031

～ておく

1. 先…、暫且…；2. …著

類義表現
てある
已…了

接續方法 ▸ {動詞て形}＋おく

1【準備】表示為將來做準備，也就是為了以後的某一目的，事先採取某種行為，如例（1）～（3）。

2【結果持續】表示考慮目前的情況，採取應變措施，將某種行為的結果保持下去或放置不管。「…著」的意思，如例（4）。

3〖口語－とく〗「ておく」口語縮略形式為「とく」，「でおく」的縮略形式是「どく」。例如：「言っておく（話先講在前頭）」縮略為「言っとく」，如例（5）。

動作時間 ↓　對象 ↓　行動 ↓　事先準備 ↓

例1 結婚（けっこん）する前（まえ）に料理（りょうり）を習（なら）っておきます。

結婚前先學會做菜。

花子年底就要結婚了！花子不會做飯，但好想親手幫老公做愛妻便當喔！

「ておく」表示在結婚這個重要時刻之前，提前做好學習料理這一行為。「習う」是意志動詞。

☞ 文法應用例句

2 **我會事先預約餐廳。**

レストラン（餐廳）を予約（よやく／預約）しておきます。

★「ておく」表示提前預約好餐廳，以便日後在重要的共同用餐時刻可以輕鬆就位。「予約する」是意志動詞。

3 **有客人要來，所以先打掃吧。**

お客（きゃく）さん（客人）が来（く）るから、掃除（そうじ／打掃）をしておこう。

★「ておく」表示在重要的接待客人之前，提前做好打掃這一行為。這樣可以讓到訪的客人感到舒適和受到尊重。「掃除する」是意志動詞。

4 **因為很熱，所以把窗戶打開著。**

暑（あつ／炎熱的）いから、窓（まど）を開（あ／打開）けておきます。

★「ておく」表示因為天氣熱，所以提前把窗戶打開，保持通風。這樣可以在之後的時間裡更舒適地待在房間裡。

5 **回來了呀。晚餐已經先幫你準備好囉。**

お帰（かえ）り。晩（ばん）ご飯（はん）（晚餐）の支度（したく／準備）、やっといてあげたよ。

★「とく」是「ておく」的口語用法，表示在對方回來之前已經做好晚飯的準備，並保持這個狀態直到對方回家。

grammar
008
Track 032

名詞＋でございます

是…

類義表現
です 表對主題的斷定、說明

接續方法 ▸ {名詞}＋でございます

1【斷定】「です」是「だ」的鄭重語，而「でございます」是比「です」更鄭重的表達方式。日語除了尊敬語跟謙讓語之外，還有一種叫鄭重語。鄭重語用於和長輩或不熟的對象交談時，也可用在車站、百貨公司等公共場合。相較於尊敬語用於對動作的行為者表示尊敬，鄭重語則是對聽話人表示尊敬，如例（1）～（3）。

2〔あります的鄭重表現〕除了是「です」的鄭重表達方式之外，也是「あります」的鄭重表達方式，如例（4）、（5）。

主語 → こちらが
斷定內容 → 会社の事務所
鄭重斷定＝です → でございます

例1 こちらが、会社（かいしゃ）の事務所（じむしょ）でございます。

這裡是公司的辦公室。

今天有客人來公司，田中先生一路帶領客人，走到了辦公室。

「でございます（是）」是通過自謙，表明了尊敬地描述公司辦公室這一事物。

☞ 文法應用例句

2 敝姓高橋。

高橋（たかはし）でございます。

★「でございます（是）」是通過自謙說明自己的名字，傳達出對對方的尊重。

3 這是我有生以來第一次吃到那麼好吃的美食！

こんなにおいしい（美味的）ものを食（た）べたのは、生（う）まれて初（はじ）めて（出生）でございます。

★「でございます（是）」是通過自謙，表達了吃到如此美食是此生第一次，以此表現對對方的敬重之情。

4 洗手間位於地下1樓。

お手洗（てあら）い（廁所）は地下（ちか）（地下）1階（いっかい）にございます。

★「ございます（在）」是「あります」的鄭重說法，通過自謙表示禮貌和尊重，此處描述了洗手間的位置。

5 我有個好主意。

私（わたし）にいい考（かんが）え（點子）がございます。

★「ございます（有）」是「あります」的鄭重說法，通過自謙表達了自己有好的想法，以此表現對對方的尊敬。

grammar **009**
Track 033

（さ）せる

1. 讓…、叫…、令…；2. 把…給；3. 讓…、隨…、請允許…

類義表現
てもらう 幫…做…

接續方法 ▸ {[一段動詞・カ變動詞]使役形；サ變動詞詞幹}＋させる；{五段動詞使役形}＋せる

1【強制】表示某人強迫他人做某事，由於具有強迫性，只適用於長輩對晚輩或同輩之間，如例（1）～（3）。

2【誘發】表示某人用言行促使他人自然地做某種行為，常搭配「泣く（哭）、笑う（笑）、怒る（生氣）」等當事人難以控制的情緒動詞，如例（4）。

3【許可】以「～させておく」形式，表示放任或允許，如例（5）。也表示婉轉地請求承認，例如「お嬢さんと結婚させてください／請讓我跟令嬡結婚吧」。

命令人 ↓　動作接收者 ↓　清理對象 ↓　強制動作 ↓

例1 **親(おや)が子(こ)どもに部屋(へや)を掃除(そうじ)させた。**

父母叫小孩整理房間。

過年快到了，全家總動員大掃除了。媽媽叫小孩打掃房間。

「掃除させた」中的「させた」表示具有控制權的父母讓孩子去做動作「掃除」。

☞ 文法應用例句

2 由於女兒鬧肚子了，所以讓她吃了藥。

娘(むすめ)がお腹(なか)を壊(こわ)【弄壞了】したので薬(くすり)【藥】を飲(の)ませた。

★「飲ませた」中的「(さ)せた」表示父母給孩子服藥的控制權和權限，即使孩子可能不想「吃藥」，父母還是能強制他們進行這一行為。

3 為了讓孩子多讀一點書，我讓他去上補習班了。

子(こ)どもにもっと【更加】勉強(べんきょう)【讀書】させるため、塾(じゅく)【補習班】に行(い)かせることにした。

★「勉強させる」中的「させる」和「行かせる」中的「(さ) せる」表示父母對孩子的教育控制權和權限，他們可以強制孩子去學習或參加補習班，以達到提高學習成績的目的。

4 我聽說囉！你帶別的女人去旅行，把太太給氣哭了喔。

聞(き)いたよ【聽說了】。ほかの女(おんな)と旅行(りょこう)して【旅行】奥(おく)さんを泣(な)かせた【哭泣】そうだね。

★「泣かせる」中的「(さ) せる」表明了這個人「和其他女人一起旅行」的行為導致了他的妻子哭泣，含有負面的含義。

5 你讓太太那麼傷心，還講這種話！要誠心誠意向她道歉啦！

奥(おく)さんを悲(かな)しませて【難過】おいて、何(なに)をいうんだ。よく謝(あやま)れ【道歉】よ。

★在「悲しませておいて」中的「(さ) せておく」表示這個人使妻子感到悲傷，而且目前仍讓妻子持續在悲傷的狀態中。

日文小祕方 3 ▸ 使役形

動詞的使役形變化

❶ 第一類（五段動詞）

把動詞辭書形變成“ない”形。然後去掉“ない”，最後加上“せる”就可以了。

例如：

洗(あら)う → 洗(あら)わない → 洗(あら)わ → 洗(あら)わせる

待(ま)つ → 待(ま)たない → 待(ま)た → 待(ま)たせる

笑(わら)う → 笑(わら)わない → 笑(わら)わ → 笑(わら)わせる

❷ 第二類（一段動詞）

去掉動詞辭書形辭尾“る”再加上“させる”就可以了。

例如：

浴(あ)びる → 浴(あ)び → 浴(あ)びさせる

入(い)れる → 入(い)れ → 入(い)れさせる

変(か)える → 変(か)え → 変(か)えさせる

❸ 第三類（カ・サ変動詞）

將来(く)る變成“来(こ)させる”；將する變成“させる”就可以了。

例如：

来(く)る → 来(こ)させる

する → させる

散歩(さんぽ)する → 散歩(さんぽ)させる

祕方習題 3 ▸ 請寫出下列表中動詞的使役形

動詞		動詞	
読む	▶	説明する	▶
入る	▶	覚える	▶
遊ぶ	▶	集める	▶
歩く	▶	切る	▶
曲げる	▶	掃除する	▶
辞める	▶	予約する	▶
失くす	▶	考える	▶
消す	▶	貸す	▶
笑う	▶	迎える	▶
止まる	▶	捨てる	▶

grammar

010

Track 034

～（さ）せられる

被迫…、不得已…

類義表現

（さ）せる

讓…、叫…

接續方法 ▸ {動詞使役形}＋（さ）せられる

【被迫】表示被迫。被某人或某事物強迫做某動作，且不得不做。含有不情願、感到受害的心情。這是從使役句的「X が Y に N を V- させる」變成為「Y が X に N を V- させられる」來的，表示 Y 被 X 強迫做某動作。

命令人 ↓　被迫內容 ↓　被迫做的動作 ↓

例 1 社長（しゃちょう）に、難（むずか）しい仕事（しごと）をさせられた。

社長讓我做困難的工作。

社長十分嚴格，這次竟要我在 3 天內，把這名簿上的 100 多人都聯絡完。我的天啊！

「させられた」表示社長（用「に」）對某人具有控制權，迫使他去完成某個困難的工作（用「を」）。

☞ 文法應用例句

2 **被迫在公園撿垃圾。**

公園（こうえん）【公園】でごみを拾（ひろ）【撿拾】わせられた。

★「（さ）せられた」表示被迫去做某事，這裡指在公園被迫撿拾垃圾，強調了非自願的行為。

3 **兩位年輕人被父母強迫分開。**

若（わか）い二人（ふたり）は、両親（りょうしん）【雙親】に別（わか）【分開】れさせられた。

★「させられた」在這句中指這對年輕戀人被雙方家長強迫分手。強調了非自願的行為及外部因素對他們的影響。

4 **雖然他討厭納豆，但是因為有營養，所以還是讓他吃了。**

納豆（なっとう）【納豆】は嫌（きら）【討厭的】いなのに、栄養（えいよう）【營養】があるからと食（た）べさせられた。

★「させられた」這句話表明雖然討厭納豆，但因為營養豐富而被迫食用，突顯了行為背後的原因。

5 **分明沒有犯下任何錯誤，卻被迫向公司辭職了。**

何（なに）も悪（わる）【錯誤的】いことをしていないのに、会社（かいしゃ）【公司】を辞（や）【辭去】めさせられた。

★「させられた」這句話強調即使沒有做錯事情，仍被迫離開公司，表達了對這種情況的不滿。

日文小祕方 4 ▸ 使役被動形

動詞的使役被動形變化

1 第一類（五段動詞）

將動詞辭書形變成“ない”形，然後去掉“ない”，最後加上“せられる”或“される”就可以了。（五段動詞時常把「せられる」縮短成「される」。也就是「せら (sera)」中的 (er) 去掉成為「さ (sa)」）。

例如：

会(あ)う → 会(あ)わない → 会(あ)わ → 会(あ)わせられる → 会(あ)わされる
弾(ひ)く → 弾(ひ)かない → 弾(ひ)か → 弾(ひ)かせられる → 弾(ひ)かされる
帰(かえ)る → 帰(かえ)らない → 帰(かえ)ら → 帰(かえ)らせられる → 帰(かえ)らされる

另外，サ行動詞的變化比較特別。同樣地，把動詞辭書形變成“ない”形，然後去掉“ない”，最後加上“せられる”就可以了。

返(かえ)す → 返(かえ)さない → 返(かえ)さ → 返(かえ)させられる
話(はな)す → 話(はな)さない → 話(はな)さ → 話(はな)させられる

2 第二類（一段動詞）

將動詞辭書形變成“ない”形，然後去掉“ない”，最後加上“させられる”就可以了。

例如：

疲(つか)れる → 疲(つか)れない → 疲(つか)れ → 疲(つか)れさせられる
付(つ)ける → 付(つ)けない → 付(つ)け → 付(つ)けさせられる
止(や)める → 止(や)めない → 止(や)め → 止(や)めさせられる

3 第三類（カ・サ変動詞）

將来る變成“来させられる”；將する變成“させられる”就可以了。

例如：

来る → 来させられる　　　　する → させられる

電話する → 電話させられる

祕方習題 4 ▸ 請寫出下列表中動詞的使役被動形

作る	▶	走る	▶
かける	▶	なる	▶
食べる	▶	呼ぶ	▶
見る	▶	始める	▶
食事する	▶	払う	▶
届ける	▶	する	▶
吸う	▶	閉める	▶
驚く	▶	負ける	▶
降りる	▶	勝つ	▶
やめる	▶	忘れる	▶

grammar
011
Track 035

～ず（に）

不…地、沒…地

類義表現
ぬ 不…

接續方法 ▸ {動詞否定形(去ない)}＋ず(に)

1【否定】「ず」雖是文言，但「ず（に）」現在使用得也很普遍。表示以否定的狀態或方式來做後項的動作，或產生後項的結果，語氣較生硬，具有副詞的作用，修飾後面的動詞，相當於「～ない（で）」，如例（1）～（3）。

2〖せずに〗當動詞為サ行變格動詞時，要用「せずに」，如例（4）、（5）。

動作方式 ↓　對象 ↓　執行的動作 ↓

例1 切手（きって）を貼（は）らずに手紙（てがみ）を出（だ）しました。

沒有貼郵票就把信寄出了。

終於把信寄出去了！咦？我手上怎麼還有郵票…噢不…！我忘記貼郵票就把信投進郵筒了！

「貼る→貼らない→貼らず＋に」，「貼らずに」表明了信是在未貼上郵票的狀態下被寄出的。

☞ 文法應用例句

2 昨天晚上累得什麼都沒吃就睡了。

ゆうべ（昨晚）は疲（つか）れて（疲憊）何（なに）も食（た）べずに寝（ね）ました。

★「食べる→食べない→食べず＋に」，「食べずに」表明了昨晚因為疲勞的緣故，在沒有吃任何東西的情況下就睡覺了。

3 今年（夏天）連一場颱風也沒有，結果直到秋天才來，好詭異。

今年（ことし）は台風（たいふう）（颱風）が一度（いちど）も来（こ）ずに秋（あき）（秋天）が来（き）た。おかしい。

★「来る→来ない→来ず＋に」，「来ずに」表明了在秋天來臨之前，一次颱風也沒有來襲的狀況是出現了某種異常。

4 沒有聯絡就請假了。

連絡（れんらく）（聯絡）せずに、仕事（しごと）を休（やす）みました（休假了）。

★「連絡する→連絡しない→連絡せず＋に」，「連絡せずに」表明了在沒有事先告知的情況下請假。

5 太郎不讀書都在玩。

太郎（たろう）は勉強（べんきょう）せ（讀書）ずに遊（あそ）ん（玩耍）でばかりいる。

★「勉強する→勉強しない→勉強せず＋に」，「勉強せずに」表明了太郎是在沒有進行任何學習的情況下一直玩耍。

grammar

012

Track 036

命令形

給我…、不要…

類義表現

なさい

要…、請…

接續方法 ▸（句子）+{動詞命令形}

1【命令】表示語氣強烈的命令。一般用在命令對方的時候，由於給人有粗魯的感覺，所以大都是直接面對當事人說。一般用在對孩子、兄弟姊妹或親友時，如例（1）、（2）。

2〖教育宣導等〗也用在遇到緊急狀況、吵架、運動比賽或交通號誌等禁止的時候，如例（3）～（5）。

講者的感受　命令內容　命令

うるさいなあ。静（しず）かにしろ。

很吵耶，安靜一點！

☞ 文法應用例句

2 你到底要睡到什麼時候？快點起床！

いつまで寝（ね）[睡覺]ているんだ。早（はや）[早的]く起（お）[起床]きろ。

★「起きろ」是動詞「起きる」的命令形，與「早く（早一點）」搭配，表示要求對方快點起床。

3 那是我的玩具耶！還來！

僕（ぼく）のおもちゃ[玩具]だ、返（かえ）[歸還]せ。

★「返せ」是動詞「返す」的命令形，表示要求對方歸還玩具。

4 紅隊！加油！

赤組（あかぐみ）。がんばれー[加油]。

★「がんばれー」是動詞「がんばる」的命令形，用於激勵對方，鼓勵他們繼續加油。

5 （警示牌）請減速慢行。

（看板（かんばん））スピード[速度]落（お）[使下降]とせ。

★「落とせ」是動詞「落とす」的命令形，用於交通標誌，表示要求駕駛減速慢行。

日文小祕方 5 ▸ 命令形

動詞的命令形變化

❶ 第一類（五段動詞）

將動詞辭書形的詞尾，變成え段音(え、け、せ、て、ね…)假名就可以了。

例如：

送る → 送れ　　　押す → 押せ　　　脱ぐ → 脱げ

❷ 第二類（一段動詞）

去掉動詞辭書形的詞尾る，然後加上“ろ”就可以了。

例如：

入れる → 入れろ

閉める → 閉めろ

変える → 変えろ

（但「くれる」例外，平常不太使用「くれろ」，而是用「くれ」。）

❸ 第三類（カ・サ変動詞）

將来る變成“来い”；する變成“しろ”就可以了。

例如：

来る → 来い

する → しろ

持って来る → 持って来い

祕方習題 5 ▸ 請寫出下列表中動詞的命令形

- 案内（あんない）する ▶
- 歌（うた）う ▶
- 勝（か）つ ▶
- 降（お）りる ▶
- 遊（あそ）ぶ ▶
- 回（まわ）す ▶
- 見（み）せる ▶
- 教（おし）える ▶
- 捨（す）てる ▶
- 入（い）れる ▶
- 心配（しんぱい）する ▶
- する ▶
- 練習（れんしゅう）する ▶
- 付（つ）ける ▶
- 曲（ま）がる ▶
- 走（はし）って来（く）る ▶
- 取（と）る ▶
- 動（うご）く ▶
- 返（かえ）す ▶
- かぶる ▶

grammar
013
Track 037

～の（は／が／を）

1. 的是…；2.…（的事）

類義表現
こと 形式名詞

1【強調】以「短句＋のは」的形式表示強調，而想強調句子裡的某一部分，就放在「の」的後面，如例（１）、（２）。

2【名詞化】{名詞修飾短語}＋の（は／が／を）。用於前接短句，使其名詞化，成為句子的主語或目的語，如例（３）～（５）。

3〘の＝人時地因〙這裡的「の」含有人物、時間、地方、原因的意思。

事件主題　強調　行為主體　斷定

昨日（きのう）ビールを飲（の）んだのは花子（はなこ）です。

昨天喝啤酒的是花子。

昨天下班後到餐廳聚餐，大家一邊吃東西、一邊喝酒聊天。昨天是誰喝啤酒呢？

「のは」後接「花子です」，表示花子是「昨天喝啤酒」這個動作的主體，而不是其他人。

☞ 文法應用例句

2 花子喝啤酒是昨天的事了。

花子（はなこ）がビール（啤酒）を飲（の）んだのは昨日（きのう）（昨天）です。

★「のは」將「花子がビールを飲んだ」這個動作提取出來作為主題，焦點放在主語的「昨天」是花子喝啤酒的那一天。

3 我太太雖然什麼都沒說，可是只要看她的眼神就知道她在生氣。

妻（つま）（內人）は何（なに）も言（い）いませんが、目（め）（眼神）を見（み）れば怒（おこ）（生氣）っているのが分（わ）かります。

★「のが」將「怒っている」這個狀態轉換成名詞形式，成為「わかります」的目的語，強調透過觀察眼神就能理解妻子生氣的這個事實。

4 我太太在氣我和別的女人出去旅行的事。

妻（つま）が、私（わたし）がほか（其他）の女（おんな）と旅行（りょこう）（旅行）に行（い）（去了）ったのを怒（おこ）っています。

★「のを」將「私がほかの女と旅行に行った」這個行為轉換成名詞形式，成為「怒っています」的目的語，表示妻子生氣的原因是自己和其他女性一起去旅行的這件事。

5 我只不過帶別的女人出去旅行一次而已，她氣成這樣未免太小題大作了。

ほかの女（おんな）と旅行（りょこう）に行（い）ったのは１回（いっかい）だけ（只有）なのに、怒（おこ）りすぎだと思（おも）（認為）います。

★「のは」將「ほかの女と旅行に行った」這個行為轉換成名詞形式，表示和其他女性旅行的事只發生過一次，儘管如此，仍覺得妻子的憤怒過度。

grammar
014 ～こと
Track 038

類義表現
の 的…

接續方法 ▸ {名詞の；形容動詞詞幹な；[形容詞・動詞]普通形}＋こと

1【名詞化】做各種形式名詞用法。前接名詞修飾短句，使其名詞化，成為後面的句子的主語或目的語。

2〘只用こと〙「こと」跟「の」有時可以互換。但只能用「こと」的有：表達「話す（説）、伝える（傳達）、命ずる（命令）、要求する（要求）」等動詞的內容，後接的是「です、だ、である」、固定的表達方式「ことができる」等。

名詞化（目的語）↓　期待之事↓　動作↓

例1 みんなに会（あ）えることを楽（たの）しみにしています。

很期待與大家見面。

哇！打扮得好漂亮呢！有約會嗎？原來是「みんなに会える」（能跟大家見面）。

用「こと」將「みんなに会える（能見到大家）」變成名詞短句，名詞化後就成了「楽しみにしています（期待著）」的目的語。

☞ 文法應用例句

2 人活著這件事真是太好了！

生（い）きることは本当（ほんとう）に素晴（すば）らしいです。
（生存：生きる；美妙的：素晴らしい）

★表抽象概念或行為的「こと」，將動詞「生きる」轉化為名詞，成了「素晴らしい」的主語，以表示「生命的存在」或「活著」這種狀態。強調了生命的寶貴和珍貴性。

3 對日本人而言，開口說英文很困難。

日本人（にほんじん）には英語（えいご）を話（はな）すことは難（むずか）しい。
（英文：英語；說，講：話す；困難的：難しい）

★表抽象概念或行為的「こと」，將動詞「英語を話す」轉化為名詞短句，以表示「說英語」這個行為。強調了學習英語對於一些人來說是具有挑戰性的。

4 如果有話想講，就講啊！

言（い）いたいことがあるなら、言（い）えよ。
（事情：こと；有：ある）

★「こと」將動詞「言いたい」轉化為名詞，就成了「ある」的主語。以表示「想說的話」這個抽象的概念，強調了直接表達自己的想法和意見的重要性。

5 還沒有告訴家人已經向公司辭職的事。

会社（かいしゃ）を辞（や）めたことを、まだ家族（かぞく）に話（はな）していない。
（公司：会社；辭掉了：辞めた；家人：家族）

★「こと」將動詞「辞めた」轉化為名詞，成了「話していない」的目的語，以表示「辭職」這個事件或行為。強調了主語還沒有向家人透露這個重要的信息。

grammar
015
Track 039

～ということだ

聽說…、據說…

類義表現
そうだ
聽說…、據說…

接續方法 ▸ {簡體句}＋ということだ

【傳聞】表示傳聞，直接引用的語感強。直接或間接的形式都可以使用，而且可以跟各種時態的動詞一起使用。一定要加上「という」。

主題 ↓ 對象 ↓ 行為 ↓ 傳聞 ↓

田中(たなか)さんは、大学入試(だいがくにゅうし)を受(う)けるということだ。

聽説田中先生要考大學。

田中先生要考大學！你怎麼知道的？

從「ということだ」知道「田中先生將參加大學考試」的消息是通過間接途徑獲得的，而非直接從田中先生本人得知。

文法應用例句

2 **聽說下星期會變熱，那就先把電風扇拿出來吧。**

来週(らいしゅう)から暑(あつ)〔炎熱的〕くなるということだから、扇風機(せんぷうき)〔電風扇〕を出(だ)しておこう。

★「ということだ」表示透過某些途徑知道「下週氣溫會升高」的事實，因此準備把電風扇取出來使用。

3 **聽說部長明年會回國。**

部長(ぶちょう)は、来年(らいねん)〔明年〕帰国(きこく)〔回國〕するということだ。

★「ということだ」表示透過某些途徑獲悉「部長明年將回國」的事實，並且在話語中含有著疑問或驚奇。

4 **據說物價下個月會再往上漲。**

来月(らいげつ)〔下個月〕は物価(ぶっか)〔物價〕がさらに上(あ)がるということだ。

★「ということだ」表示透過某些途徑知道「下個月物價將會再次上漲」的事實。這一事實非自己的判斷。

5 **依照我上個月聽到的消息，福田先生住院了。**

先月(せんげつ)聞(き)いた話(はなし)〔聽到了〕では、福田(ふくだ)さんは入院(にゅういん)〔住院了〕したということでした。

★「ということでした」表示透過某些間接途徑得知上個月「福田先生住院」的事實。這消息來源並非直接來自福田先生本人。

grammar 016 Track 040

～ていく

1. …去；；2. …起來；3. …下去

類義表現
ておく
先…、暫且…

接續方法 ▸ {動詞て形} ＋いく

1【方向－由近到遠】保留「行く」的本意，也就是某動作由近而遠，從說話人的位置、時間點離開，如例（１）、（２）。

2【繼續】表示動作或狀態，越來越遠地移動，或動作的繼續、順序，多指從現在向將來，如例（３）～（４）。

3【變化】表示動作或狀態的變化，如例（5）。

主題　動作時間　動作方向－由近到遠

例 1 太郎（たろう）は朝早（あさはや）く出（で）て行（い）きました。

太郎一大早就出門了。

一起床發現太郎已經不在家了，咦？他什麼時候出門的呀？

看到「ていく」知道，從說話人的位置「家」為基準，太郎離開家越來越遠。

☞ 文法應用例句

2 電車漸漸遠離而去。

電車（でんしゃ）がどんどん遠（とお）く［遠的］へ離（はな）れ［離去］ていく。

★使用「ていく」表示，以說話人所在位置為基準，電車正在逐漸遠離說話人。

3 技術會愈來愈進步吧！

ますます［越來越］技術（ぎじゅつ）［技術］が発展（はってん）［進步］していくでしょう。

★使用「ていく」表示，技術將繼續不斷發展並取得更多進步。

4 今後也會繼續用功讀書的。

今後（こんご）［今後］も、真面目（まじめ）［認真的］に勉強（べんきょう）していきます。

★使用「ていく」表示，將來也會持續認真學習並不斷進步。

5 今後天氣會漸漸回暖吧！

これから、天気（てんき）はどんどん［漸漸地］暖（あたた）かく［溫暖的］なっていくでしょう。

★使用「ていく」表示，從現在開始天氣將逐漸變暖，預計未來將持續變暖。

grammar
017
Track 041

～てくる

1.…來；2.…起來、…過來；3.…（然後再）來…；4.…起來

類義表現
ていく …去

接續方法 ▸ {動詞て形}＋くる

1【方向－由遠到近】保留「来る」的本意，也就是由遠而近，向說話人的位置、時間點靠近，如例（1）、（2）。

2【繼續】表示動作從過去到現在的變化、推移，或從過去一直繼續到現在，如例（3）、（4）。

3【去了又回】表示在其他場所做了某事之後，又回到原來的場所，如例（5）。

4【變化】表示變化的開始，例如「風が吹いてきた／颳起風了」。

主語 ↓　動作方向－由遠到近 ↓

例1 電車(でんしゃ)の音(おと)が聞(き)こえてきました。

聽到電車越來越近的聲音了。

我好像聽到了「鏗鏘鏗鏘」的聲音，而且越來越近了！

「聞こえてきました（越來越大聲）」知道電車的聲音從遠處傳來，向說話人靠近了。

☞ 文法應用例句

2 巨石從懸崖掉了下來。

（石頭／懸崖／掉落）
大(おお)きな石(いし)ががけから落(お)ちてきた。

★「落ちてきた（掉了下來）」表示巨石已經掉落下來，靠近了說話人。

3 這條河向來深受當地居民的喜愛。

（河川／城鎮）
この川(かわ)は、町(まち)の人(ひと)たちに愛(あい)されてきた。

★「愛されてきた（一直深受喜愛）」表示這條河從過去一直到現在，一直受到城鎮居民的喜愛。

4 出生於貧困的家庭，從小到現在一直為生活而拚命奮鬥。

（貧困的／拼命的／生存）
貧乏(びんぼう)な家(いえ)に生(う)まれて、今(いま)まで必死(ひっし)に生(い)きてきた。

★「生きてきた（一直活著）」表示說話人從小時到現在，一直以來都必須為了生存而盡很大的努力。

5 爸爸買了蛋糕回來給我。

（蛋糕／購買）
父(ちち)がケーキを買(か)ってきてくれました。

★「買ってきて」表示「買並帶回來」，也就是父親去買了蛋糕，然後帶回來給說話人。強調父親的動作是為了說話人而做的意思。

grammar
018
Track 042

～てみる

試著（做）…

類義表現
てみせる
決心要…

接續方法 ▸ {動詞て形}＋みる

1【嘗試】「みる」是由「見る」延伸而來的抽象用法，常用平假名書寫。表示雖然不知道結果如何，但嘗試著做前接的事項，是一種試探性的行為或動作，一般是肯定的說法。

2〖かどうか～てみる〗常跟「～か、～かどうか」一起使用。

嘗試對象 ↓　嘗試動作 ↓

このおでんを食（た）べてみてください。

請嚐看看這個關東煮。

下班後，高橋先生找同事到路邊攤喝兩杯。聽說這攤子的關東煮很好吃。

「食べる（吃）」和「みる（嘗試）」結合在一起，表明了說話人希望對方嘗試品嚐這道「おでん」。

☞ 文法應用例句

2　我看了最近熱門話題的書。

最近（さいきん）話題（わだい）になっている本（ほん）を読（よ）んでみました。

（最近：最近；話題：話題）

★「読む＋みる」表示說話人嘗試閱讀這本「本」，並可能會根據閱讀的內容進一步評論或分享。

3　我問了姊姊她到底知不知道那件事。

姉（あね）に、知（し）っているかどうか聞（き）いてみた。

（姉：姊姊；聞く：詢問）

★「聞く＋みる」表示說話人嘗試詢問「姉」是否知道，而此前對方對該事情的回應是未知的。

4　儘管心想應該還沒辦法通過，還是試著去考了日檢N4測驗。

まだ無理（むり）だろうと思（おも）ったが、Ｎ４（エヌよん）を受（う）けてみた。

（無理：辦不到的；受ける：應（試））

★「受ける＋みる」表示說話人嘗試去應試「N4」，即使事先認為可能很難通過。

5　工作上發生了麻煩事，找了高崎女士商量。

仕事（しごと）で困（こま）ったことが起（お）こり、高崎（たかさき）さんに相談（そうだん）してみた。

（仕事：工作；困った：困擾了；相談：商量）

★「相談する＋みる」表示說話人嘗試與「高崎さん」進行商量，解決工作上的困難，並試圖獲得對方的幫助或建議。

grammar 019 Track 043

～てしまう

1. …完；2. …了

類義表現
おわる 結束、完了

接續方法 ▸ {動詞て形}＋しまう

1【完成】表示動作或狀態的完成，常接「すっかり（全部）、全部（全部）」等副詞、數量詞。如果是動作繼續的動詞，就表示積極地實行並完成其動作，如例（1）～（3）。

2【感慨】表示出現了說話人不願意看到的結果，含有遺憾、惋惜、後悔等語氣，這時候一般接的是無意志的動詞，如例（4）、（5）。

3〖口語－ちゃう〗若是口語縮約形的話，「てしまう」是「ちゃう」，「でしまう」是「じゃう」。

主體 ↓ 程度 ↓ 動作已完成 ↓

部屋（へや）はすっかり片付（かたづ）けてしまいました。

房間全部整理好了。

姊姊說今天一定要把房間整理完，我來看看狀況…。

「てしまう」接在「片付ける」後面，表明了房間已經整理好，動作已經完成，並強調了整理得非常乾淨的狀態。

☞ 文法應用例句

2 小說一個晚上就全看完了。

小説（しょうせつ）［小說］は一晩（ひとばん）［一晚］で全部（ぜんぶ）［全部］読（よ）んでしまった。

★「てしまう」接在「読む」後面，表明了小說已經完全看完，動作已經完成。強調完成這個動作所花費的時間，遠低於原本的預料。

3 作業一個小時就把它完成了。

宿題（しゅくだい）［作業］は1時間（いちじかん）［小時］でやってしまった。

★「てしまう」接在「やる」後面，表明了作業已經寫好，動作已經完成，並強調了只花了1個小時的時間來完成這個任務。

4 失敗了很傷心。

失敗（しっぱい）［失敗］してしまって、悲（かな）［傷心的］しいです。

★「失敗してしまう」表達了失敗已經發生，無法挽回，因此感到悲傷。含有對這種結果感到失望或者難過。

5 家母才58歲就得癌症過世了。

母（はは）［媽媽］が、まだ58歳（ごじゅうはっさい）なのにがん［癌症］で死（し）［過世］んでしまった。

★「死んでしまった」表達了這個事件已經發生且無法挽回，強調了對母親早逝的遺憾之情。

Practice・2

［第二回必勝問題］

問題一　**（　　）の　ところに　何を　入れますか。1・2・3・4から　いちばん　いい　ものを　一つ　えらびなさい。**

1　隣の　人（　　）足を　踏まれました。

1 や　　2 の　　3 で　　4 に

2　父に　アルバイト（　　）やめさせられました。

1 へ　　2 を　　3 に　　4 で

3　台風（　　）窓が　壊れました。

1 に　　2 で　　3 と　　4 を

4　彼女に　1時間（　　）待たされました。

1 も　　2 や　　3 しか　　4 でも

5　その　仕事は、私（　　）やらせて　ください。

1 を　　2 で　　3 が　　4 に

6　カメラなら、日本の（　　）いいと　思います。

1 に　　2 を　　3 が　　4 で

問題二　**（　　）の　ところに　何を　入れますか。1・2・3・4から　いちばん　いい　ものを　一つ　えらびなさい。**

1　受験者は　順番に　名前を（　　）ので、この　部屋で　お待ち　ください。

1 お呼びになります　　2 お呼ばれます

3 お呼びします　　4 呼ばされます

2　お嬢さんと　結婚（　　）ください。

1 させられて　　2 させて　　3 しられて　　4 しせて

3 長い　時間、（　　）すみません。

1 お待ちして　　2 お待ちさせて
3 お待たせて　　4 お待たせして

4 子どもたちに　野菜を　（　　）のは　大変です。

1 食べられる　　2 食べる
3 食べます　　4 食べさせる

5 大きな　音を　出して　赤ちゃんを　（　　）て　しまった。

1 驚い　　2 驚かせ　　3 驚き　　4 驚く

6 部長は　もう　お（　　）に　なりました。

1 かえり　　2 かえる　　3 かえった　　4 かえって

7 公園まで　（　　）　いこう。

1 はしった　　2 はしり　　3 はしって　　4 はしると

8 昨日は　友達と　あの　レストランに　（　　）みました。

1 行き　　2 行った　　3 行く　　4 行って

問題三

（　　）の　ところに　何を　入れますか。1・2・3・4から　いちばん　いい　ものを　一つ　えらびなさい。

1 この　音楽会では、お客さんに　プレゼントが　（　　）。

1 配ります　　2 配させます　　3 配されます　　4 配られます

2 小林君は　田中君に　（　　）。

1 殴りました　　2 殴られました　　3 殴されました　　4 殴りません

3 友達の　誕生日パーティーに　（　　）。

1 招待しました　　2 招待させました
3 招待さられました　　4 招待されました

4 どろぼうに　かばんを　(　　)。

1 盗(ぬす)みました　　2 盗まれました

3 盗みません　　4 盗ませました

5 先生(せんせい)は　夏休(なつやす)みの　宿題(しゅくだい)として　生徒(せいと)たちに　作文(さくぶん)を（　　）。

1 書(か)きました　　2 書かれました

3 書かせました　　4 書きせました

6 先生(せんせい)、私(わたし)が　この　町(まち)を　ご案内(あんない)（　　）。

1 です　　2 します

3 くださいます　　4 なさいます

7 学校(がっこう)から　帰(かえ)るとき　雨(あめ)に（　　）。

1 降(ふ)りました　　2 降ります

3 降られました　　4 降させました

8 向(む)こうから　犬(いぬ)が　走(はし)って　（　　）。

1 した　　2 いきました

3 きました　　4 みました

9 あんまり　親(おや)に　心配(しんぱい)（　　）。

1 させたくない　　2 られたくない

3 したくない　　4 しられたくない

10 学校(がっこう)に　（　　）来(き)て　ください。

1 遅(おく)れなく　　2 遅れずに

3 遅れない　　4 遅れずで

句型 (1)

»» 內容

動詞的意向形變化

1 第一類（五段動詞）

將動詞辭書形的詞尾，變為お段音（お、こ、そ、と…）假名，然後加上“う”讓它變長音就可以了。

例如：

会(あ)う → 会(あ)お → 会(あ)おう

住(す)む → 住(す)も → 住(す)もう

立(た)つ → 立(た)と → 立(た)とう

2 第二類（一段動詞）

去掉動詞辭書形的詞尾る，然後加上“よう”就可以了。

例如：

降(お)りる → 降(お)り → 降(お)りよう

開(あ)ける → 開(あ)け → 開(あ)けよう

捨(す)てる → 捨(す)て → 捨(す)てよう

3 第三類（カ・サ変動詞）

將来(く)る變成“来(こ)よう”；將する變成“しよう”就可以了。

例如：

来(く)る → 来(こ)よう

する → しよう

連(つ)れて来(く)る → 連(つ)れて来(こ)よう

祕方習題 6 ▸ 請寫出下列表中動詞的意向形

思（おも）う	▶	閉（し）める	▶
走（はし）る	▶	待（ま）つ	▶
見（み）せる	▶	泣（な）く	▶
取（と）る	▶	勝（か）つ	▶
教（おし）える	▶	終（お）わる	▶
笑（わら）う	▶	降（お）りる	▶
考（かんが）える	▶	吸（す）う	▶
かける	▶	忘（わす）れる	▶
曲（ま）がる	▶	見物（けんぶつ）する	▶
投（な）げる	▶	始（はじ）める	▶

grammar

001 ～(よ)うとおもう

Track 044

1. 我打算…；2. 我要…；3. 我不打算…

類義表現
(よ) うとする 想…、打算…

接續方法 ▸ {動詞意向形}＋(よ)うとおもう

1【意志】表示說話人告訴聽話人，說話當時自己的想法、未來的打算或意圖，比起不管實現可能性是高或低都可使用的「～たいとおもう」,「(よ) うとおもう」更具有採取某種行動的意志，且動作實現的可能性很高，如例（1）、（2）。

2〔某一段時間〕用「(よ) うとおもっている」，表示說話人在某一段時間持有的打算，如例（3）、（4）。

3〔強烈否定〕「(よ) うとはおもわない」表示強烈否定，如例（5）。

時間 ↓ 地點 ↓ 目的 ↓ 主語的打算 ↓

例 1 お正月（しょうがつ）は北海道（ほっかいどう）へスキーに行（い）こうと思（おも）います。

年節期間打算去北海道滑雪。

過年有 10 天的假，有計劃要去哪裡旅行嗎？

「行く→行こ＋う」＋「と思います」表明了說話者對未來的計畫和想法，即在新年期間去北海道享受滑雪。

☞ 文法應用例句

2 **下回想和男友一起來。**

今度（こんど）［下次］は彼氏（かれし）［男友］と来（こ）ようと思（おも）う。

★「来る→来＋よう」＋「と思う」表達了說話人的意圖和想法，強調對未來的打算和計劃，即下回想和男友一起來。

3 **我想學柔道。**

柔道（じゅうどう）［柔道］を習（なら）［學習］おうと思（おも）っている。

★「習う→習お＋う」＋「と思う」表示說話人正在思考和計劃去學習柔道，對未來的計劃是抱持著積極的態度。

4 **我原本打算今年參加日檢N4的測驗，想想還是明年再考好了。**

今年（ことし）、N4（エヌよん）の試験（しけん）を受（う）［應（試）］けようと思（おも）っていたが、やっぱり［果然］来年（らいねん）［明年］にする。

★「受ける→受け＋よう」＋「と思う」表示說話人當時對未來的計劃是想要參加日檢 N4 的考試，但後來改變了計劃，決定明年再參加考試。

5 **動詞的活用非常困難，所以我不打算再繼續學日文了。**

動詞（どうし）［動詞］の活用（かつよう）［活用］が難（むずか）しいので、これ以上（いじょう）［更多］日本語（にほんご）を勉強（べんきょう）しようとは思（おも）いません。

★「勉強する→勉強し＋よう」＋「と思いません」表示說話人對未來的計劃是不打算繼續學習日文，原因是覺得動詞活用太難了。

grammar 002 Track 045

～(よ)う

1.…吧；2.（一起）…吧！

類義表現
ましょうか 我們來…吧

接續方法 ▸ {動詞意向形}＋(よ)う

1【意志】表示說話者的個人意志行為，準備做某件事情，如例（１）、（２）。

2【提議】用來提議、邀請別人一起做某件事情。「ましょう」是較有禮貌的說法。如例（３）～（５）。

主語 ↓　行為原因 ↓　準備做的行為 ↓

例1 雨(あめ)が降(ふ)りそうだから、早(はや)く帰(かえ)ろう。

好像快下雨了，所以快點回家吧！

奇怪！天空怎麼這麼暗，該不會要下雨了吧？我沒有帶雨傘呢！

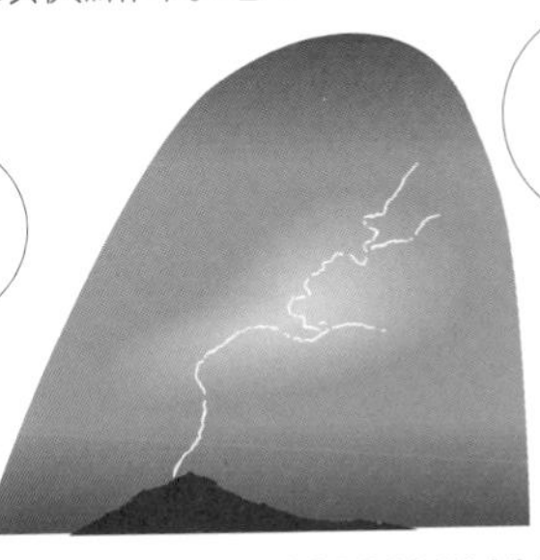

「帰る→帰ろ＋う〈意向形〉」表明了說話人個人基於可能下雨的情況，準備回家這一想法。

☞ 文法應用例句

2 今年一定要戒菸。

今年(ことし)こそ、煙草(たばこ)〔香菸〕をやめ〔戒〕よう。

★「やめる→やめ＋よう〈意向形〉」表示說話人下定決心在今年戒菸。

3 只剩一點點了，一起加油吧！

もう少(すこ)し〔還差一點〕だから、頑張(がんば)ろう。

★「頑張る→頑張ろ＋う〈意向形〉」表示距離目標不遠，鼓勵他人繼續努力。「ろう」賦予了句子鼓勵的語氣。

4 我們結婚吧！一起過著幸福的日子！

結婚(けっこん)〔結婚〕しようよ。一緒(いっしょ)に幸(しあわ)せ〔幸福〕になろう。

★「する→し＋よう；なる→なろ＋う〈意向形〉」表示邀請對方一起好好過日子，表現出強烈的決心和願望。

5 久美，下次要不要介紹我男友的朋友給妳呢？

久美(くみ)、今度(こんど)私(わたし)の彼氏(かれし)〔男友〕の友達(ともだち)紹介(しょうかい)〔介紹〕しようか。

★「紹介する→紹介し＋よう〈意向形〉」表示提議久美讓自己幫她介紹朋友，表現出自願和熱心。

grammar **003** Track 046

～つもりだ

1. 打算…、準備…；2. 不打算…；3. 不打算…；4. 並非有意要…

類義表現
（よ）う 打算…

接續方法 ▸ {動詞辭書形} ＋つもりだ

1【意志】表示說話人的意志、預定、計畫等，也可以表示第三人稱的意志。有說話人的打算是從之前就有，且意志堅定的語氣，如例（1）、（2）。

2〖否定形〗「～ないつもりだ」為否定形，如例（3）。

3〖強烈否定形〗「～つもりはない」表「不打算…」之意，否定意味比「～ないつもりだ」還要強，如例（4）。

4〖並非有意〗「～つもりではない」表「並非有意要…」之意，如例（5）。

行為時間 ↓ 行為對象 ↓ 動作 ↓ 說話者的打算 ↓

しばらく会社（かいしゃ）を休（やす）むつもりです。

打算暫時向公司請假。

櫻子為了家庭跟工作，每天忙得不可開交，最近身體開始出狀況了，所以決定跟公司請長假好好修養。

「休むつもりです」表示說話人在未來計劃暫時休息一段時間，不去上班。

文法應用例句

2 **即使畢業了，我也打算繼續學習日文。**

卒業（そつぎょう）［畢業］しても、日本語（にほんご）の勉強（べんきょう）を続（つづ）け［繼續］ていくつもりだ。

★「つもりだ」表示說話人的意圖和計劃，即即使畢業了，仍會繼續學習日本語，是一種堅定的決心。

3 **就算生下孩子以後，我也不打算辭職。**

子（こ）どもを生（う）ん［生產］でも、仕事（しごと）［工作］はやめないつもりだ。

★「つもりだ」表示說話人不會因為生孩子而離開工作，是一種對自己的職業和未來的期望和信心。

4 **我雖然無意炫耀，但是會說7國語言。**

自慢（じまん）［自誇］するつもりはないが、7国語（ななこくご）話（はな）せる［能說］。

★「つもりはない」表明說話人不打算炫耀，強調自己有多國語言能力的陳述只是客觀的事實。

5 **我原本沒打算殺他。**

殺（ころ）す［殺死］つもりではなかった［（當時）沒有］んです。

★「つもりではなかった」表明說話人之前並沒有殺人的意圖，強調是出於不可抗拒的因素導致發生的事件。

grammar **004** Track 047

～（よ）うとする

1. 想…、打算…；2. 才…；3. 不想…、不打算…

類義表現
（よ）うとおもう 我想…、我要…

接續方法 ▸ {動詞意向形}＋（よ）うとする

1 **【意志】** 表示動作主體的意志、意圖。主語不受人稱的限制。表示努力地去實行某動作，如例（１）、（２）。

2 **【將要】** 表示某動作還在嘗試但還沒達成的狀態，或某動作實現之前，而動作或狀態馬上就要開始，如例（３）、（４）。

3 **〖否定形〗** 否定形「（よ）うとしない」是「不想…、不打算…」的意思，不能用在第一人稱上，如例（５）。

動作主體　動作　意志－努力執行

例 1 赤(あか)ん坊(ぼう)が歩(ある)こうとしている。

嬰兒正嘗試著走路。

小嬰兒站起來了，搖搖擺擺走著，想到媽媽那裡呢！

「歩こう」＋「とする」表示嬰兒有走路的意願，正在努力嘗試去走路。

☞ 文法應用例句

2 我想把那件事給忘了，但卻無法忘記。

そのこと（事情）を忘(わす)れ（忘記）ようとしましたが、忘(わす)れられません。

★「忘れよう」＋「とする」表示說話人試圖遺忘某事，但最終無法忘記。

3 正想開車才發現沒有鑰匙。

車(くるま)を運転(うんてん)し（駕駛）ようとしたら、かぎ（鑰匙）がなかった。

★「運転しよう」＋「とする」表示說話人本來打算開車，但因為鑰匙遺失而無法執行計劃。

4 那時摔倒以後雖然想立刻站起來，卻痛得站不起來。

転(ころ)んで（跌倒）すぐに（馬上）立(た)とうとしたが、痛(いた)くて立(た)て（站起）なかった。

★「立とう」＋「とする」表示說話人嘗試站立起來，但因為疼痛而無法完成該動作。

5 都已經夜深了，5歲的女兒卻還不肯睡覺。

もう夜遅(よるおそ)い（晚的）のに、5歳(ごさい)（歲）の娘(むすめ)（女兒）が寝(ね)ようとしない。

★「寝よう」＋「としない」表示女兒儘管已經到了很晚睡覺的時間，但她並沒有想要睡覺的意圖或者並不想去睡覺。

grammar 005 Track 048

～ことにする

1. 決定…；2. 已決定…；3. 習慣…

類義表現
ことになる 決定…

接續方法 ▸ {動詞辭書形；動詞否定形} ＋ことにする

1【決定】表示說話人以自己的意志，主觀地對將來的行為做出某種決定、決心，如例（１）、（２）。

2〖已經決定〗用過去式「ことにした」表示決定已經形成，大都用在跟對方報告自己決定的事，如例（３）。

3【習慣】用「～ことにしている」的形式，則表示因某決定，而養成了習慣或形成了規矩，如例（４）、（５）。

決定的結果 ↓　決定 ↓

例1 うん、そうすることにしよう。

嗯，就這麼做吧。

最近公司讓我負責一個新案子，對於這部份我有一個新想法，所以找上司一起討論。

「ことにする」表示說話人對某件事已經做出了決定，並打算按照這個決定去行動。

☞ 文法應用例句

2 **啊，蟑螂！……當作沒看到算了。**

あっ、ゴキブリ（蟑螂）。……見（み）（看見）なかったことにしよう。

★「ことにする」表示將看到蟑螂這個事實視為沒有發生過，強調了將現實調整為自己希望的情況的意思。

3 **搬到了交通更方便的地方。**

もっと便利（べんり）（方便的）なところへ引っ越す（ひっこす）（搬家）ことにした。

★「ことにする」表示做出了搬家的決定，強調了主觀上想要搬到更方便的地方的意思。

4 **我現在都不吃肉了。**

肉（にく）（肉類）は食（た）（食用）べないことにしています。

★用「ことにしている」表示已經決定不吃肉，並且把這個決定當作一個個人主觀上的原則或者規則。

5 **我習慣每天早上都要慢跑。**

毎朝（まいあさ）（每天早上）ジョギング（慢跑）することにしています。

★用「ことにしている」表示說話人已經決定每天早上跑步，並決定遵從這個原則持續這樣做。

grammar

006 ～にする

Track 049

1. 我要…、我叫…；2. 決定…

類義表現

がする

感到…、覺得…、有…味道

接續方法 ▸ {名詞；副助詞}＋にする

1【決定】常用於購物或點餐時，決定買某樣商品，如例（1）、（2）。

2【選擇】表示抉擇，決定、選定某事物，如例（3）～（5）。

決定（餐點）↓ 回答內容↓

「何(なん)にする。」「私(わたし)、天(てん)ぷらうどん」

「你要吃什麼？」「我要炸蝦烏龍麵。」

今天中午帶妹妹一起去家裡附近的烏龍麵店吃飯，有各式各樣的口味，妹妹要吃什麼呢？

「にする」表示在面對餐點時，說話人詢問對方要做什麼決定，最後選了天婦羅烏龍麵這道菜。

☞ 文法應用例句

2 我要這件黑大衣。

この黒(くろ)い〔黑色的〕オーバー〔大衣〕にします。

★「にする」表示在購物時，說話人已經做出了決定，並選了黑色大衣。

3 如果生的是女孩，名字就叫櫻子吧！

女(おんな)の子(こ)が生(う)まれたら〔生產了〕、名前(なまえ)〔名字〕は桜子(さくらこ)にしよう。

★「にする」表示如果有個女兒出生，說話人經過各種選擇，決定取名為「桜子」。

4 我打算結束目前的生活，展開另一段全新的人生。

今(いま)までの生活(せいかつ)〔生活〕は終(お)わり〔結束〕にして、新(あたら)しい〔嶄新的〕人生(じんせい)〔人生〕を始(はじ)めようと思(おも)う。

★「にする」表示說話人經過各種考慮，想要將過去的生活結束，並開始新的生活。

5 我現在還在享受工作的樂趣，結婚的事等過一陣子再說吧。

今(いま)は仕事(しごと)が楽(たの)しい〔快樂的〕し、結婚(けっこん)する〔結婚〕のはもう少(すこ)し〔稍微〕してからにします。

★「にする」表示說話人經過各種考慮，決定目前享受工作，暫時先不結婚，並打算按照這個決定去行動。

grammar 007

Track 050

お～ください、ご～ください

請…

類義表現

（さ）せてください

請讓我…

接續方法 ▸ お＋{動詞ます形}＋ください；ご＋{サ變動詞詞幹}＋ください

1【尊敬】尊敬程度比「～てください」要高。「ください」是「くださる」的命令形「くだされ」演變而來的。用在對客人、屬下對上司的請求，表示敬意而抬高對方行為的表現方式，如例（1）～（4）。

2〚ご＋サ変動詞＋ください〛當動詞為サ行變格動詞時，用「ご～ください」的形式，如例（5）。

3〚無法使用〛「する（上面無接漢字，單獨使用的時候）」跟「来る」無法使用這個文法。

主語 ↓ 禮貌地請求 ↓ 請主語做的行為 ↓

山田様（やまださま）、どうぞお入（はい）りください。

山田先生，請進。

☞ 文法應用例句

2 久等了，請坐。

お待（ま）たせしました。どうぞお座（すわ）りください。

（請；坐下）

★「お+座り+ください」可以提高對方身分，表示說話人對對方的尊敬，並禮貌地請求對方坐下。

3 現在還在做開店的準備工作，請再稍等一下。

まだ準備中（じゅんびちゅう）ですので、もう少（すこ）しお待（ま）ちください。

（準備；等待）

★「お+待ち+ください」可以提高對方身分，表示說話人對對方的尊敬，並禮貌地請對方稍等。

4 您如果知道折原先生的電話號碼麻煩告訴我。

折原（おりはら）さんの電話番号（でんわばんごう）をご存（ぞん）じでしたらお教（おし）えください。

（電話號碼；知道）

★「お+教え+ください」可以提高對方身分，表示說話人對對方的尊敬，並禮貌地請對方告知電話號碼。

5 這邊請全部填寫。

こちらを全（すべ）てご記入（きにゅう）ください。

（全部；寫上）

★「ご+記入+ください」可以提高對方身分，表示說話人對對方的尊敬，並禮貌地請對方填寫表格或文件。

grammar

008

Track 051

～（さ）せてください

請允許…、請讓…做…

類義表現
てください 請…

接續方法 ▸ {動詞使役形；サ變動詞詞幹}＋（さ）せてください

【謙讓－請求允許】表示「我請對方允許我做前項」之意，是客氣地請求對方允許、承認的說法。用在當說話人想做某事，而那一動作一般跟對方有關的時候。

行為對象 ↓　強烈期望 ↓　講者的請求 ↓

例 1 あなたの作品（さくひん）をぜひ読（よ）ませてください。

請務必讓我拜讀您的作品。

佐藤老師的推理小說即將問世。報章、雜誌等媒體在出版前都有很高的評價。

用動詞使役形「読む→読ませる」＋「ください」表示尊敬地請求作家允許自己閱讀他的作品。

☞ 文法應用例句

2 **那件工作請務必交給我做！**

それはぜひ（務必）私（わたし）にやら（做）せてください。

★「やる→やらせる」＋「ください」表示尊敬地請求對方允許自己做那件工作。強調了尊重對方權威和禮貌。

3 **請讓我致謝。**

お礼（れい）（謝意）を言（い）わせてください。

★「言う→言わせる」＋「ください」表示尊敬地請求對方給自己表達感謝的機會，強調了尊重對方。

4 **請讓我在工廠工作。**

工場（こうじょう）（工廠）で働（はたら）かせてください。

★「働く→働かせる」＋「ください」表示尊敬地請求對方允許自己在工廠工作，強調了尊重對方權威。

5 **請讓我看祭典。**

祭（まつ）り（祭典）を見物（けんぶつ）（參觀）させてください。

★「見物する→見物させる」＋「ください」表示尊敬地請求對方允許自己去看祭典，強調了尊重對方的意見和權威。

～という

叫做…

類義表現
という／かく／きく
說…（是）…；寫著…；聽說…

接續方法 ▸ {名詞；普通形}＋という

1【介紹名稱】前面接名詞，表示後項的人名、地名等名稱，如例（1）～（3）。

2【說明】用於針對傳聞、評價、報導、事件等內容加以描述或說明，如例（4）、（5）。

時間　後項的人名＝半澤　介紹名稱

例1 今朝（けさ）、半沢（はんざわ）という人（ひと）から電話（でんわ）がかかって来（き）ました。

今天早上，有個叫半澤的人打了電話來。

今天早上你還沒進公司的時候，有位半澤先生打電話來找你喔！

「という」前接人名「半沢」，表示說話人描述，今天早上打電話來的是一個名叫半澤的人。

☞ 文法應用例句

2 最近有位名叫堺照之的演員很受歡迎。

最近（さいきん）、堺照之（さかいてるゆき）という俳優（はいゆう）〔演員〕は人気（にんき）〔受歡迎〕があります。

★「という」前接人名「堺照之」，表示說話人描述，堺照之這位演員最近很受歡迎。

3 天野小姐的出身地是在岩手縣一個叫作久慈市的地方。

天野（あまの）さんの生（う）まれた〔出生了〕町（まち）〔城鎮〕は、岩手県（いわてけん）の久慈市（くじし）というところでした。

★「という」前接地名「久慈市」，表示說話人描述，天野小姐的出生地是在岩手縣久慈市這個地方。

4 看到美國發生了大地震的新聞。

アメリカ〔美國〕で大（おお）きな地震（じしん）〔地震〕があったというニュース〔新聞〕を見（み）た。

★「という」表示「關於美國發生大地震」的信息是來自於「ニュース」新聞報導。

5 傳出我們公司目前經營不善的流言。

うちの会社（かいしゃ）は経営（けいえい）〔經營〕がうまくいっていないという噂（うわさ）〔傳聞〕だ。

★「という」表示「我們公司目前經營不善」的信息是來自於「流言蜚語」。

grammar
010
Track 053

～はじめる

開始…

類義表現
だす 開始…

接續方法 ▸ {動詞ます形}＋はじめる

1【起點】表示前接動詞的動作、作用的開始，也就是某動作、作用很清楚地從某時刻就開始了。前面可以接他動詞，也可以接自動詞。

2〖はじめよう〗可以和表示意志的「～（よ）う／ましょう」一起使用。

台風的動作　風的狀態 風的行動 開始

例1 台風（たいふう）が近（ちか）づいて、風（かぜ）が強（つよ）くなり始（はじ）めた。

颱風接近，風勢開始變強了。

颱風又來了，聽說今早登陸，而且還來勢洶洶的！

「強くなり始めた」表示隨著颱風的接近，風從某個時刻開始變強了。

☞ 文法應用例句

2 **她突然哭了起來。**

突然（とつぜん）〔突然地〕、彼女（かのじょ）が泣（な）き始（はじ）めた〔開始了〕。

★「泣き始めた」表示在突然之間，她開始哭了。

3 **大家像孩子般地，精神飽滿地跑了起來。**

みんなは子（こ）〔孩子〕どものように元気（げんき）に走（はし）〔奔跑〕り始（はじ）めた。

★「元気に走り始めた」表示原本靜止不動的人們突然開始充滿活力地奔跑。

4 **直到考試的前一晚，才總算開始讀書了。**

試験（しけん）〔考試〕の前（まえ）の晩（ばん）になって、やっと〔終於〕勉強（べんきょう）し始（はじ）めた。

★「勉強し始めた」表示原本不讀書的人在考試前一天才開始念書。

5 **最近開始收到了大量的垃圾郵件。**

このごろ、迷惑（めいわく）〔打擾〕メール〔郵件〕がたくさん来（き）始（はじ）めた。

★「来始めた」表示在最近突然開始接收到大量的垃圾郵件，之前並沒有。

～だす

…起來、開始…

類義表現
かける
…到一半

接續方法 ▸ {動詞ます形} +だす

1【起點】表示某動作、狀態的開始。有以人的意志很難抑制其發生，也有短時間內突然、匆忙開始的意思。如例（1）～（5）。

2〖×說話意志〗不能使用在表示說話人意志時。

主體　動作　開始

例1 結婚(けっこん)しない人(ひと)が増(ふ)え出(だ)した。

不結婚的人多起來了。

最近日本女性進社會工作的人越來越多，相對的經濟能力也獨立了。再加上嚮往自由，不想被婚姻束縛的人也越來越多。

「増え出した（開始增加）」表示不結婚的人數在某個時刻開始上升，並持續這個趨勢，難以抑制。

☞ 文法應用例句

2 事情才說到一半，大家就笑起來了。

話(はなし)はまだ半分(はんぶん)〔一半〕なのに、もう笑(わら)〔笑〕い出(だ)した。

★「笑い出した（開始笑）」表示故事或談話尚未講完，但在某個時刻開始笑了起來，並持續一陣子。

3 時序進入4月，櫻花開始綻放了。

4月(しがつ)になって、桜(さくら)〔櫻樹〕の花(はな)が咲(さ)〔綻放〕き出(だ)した。

★「咲き出した（開始綻放）」表示進入4月後，櫻花開始綻放，並持續一陣子。

4 沒穿鞋就這樣跑起來了。

靴(くつ)〔鞋〕もはかないまま、突然(とつぜん)〔突然地〕走(はし)り出(だ)した。

★「走り出した（開始奔跑）」表示還沒穿鞋子就突然開始奔跑，並持續了一陣子。

5 天空突然暗下來，開始下起雨來了。

空(そら)が急(きゅう)〔突然的〕に暗(くら)〔陰暗的〕くなって、雨(あめ)が降(ふ)り出(だ)した。

★「降り出した（開始下雨）」表示天空在某個時刻突然轉陰，下雨了起來，並持續了一陣子。

grammar
012
Track 055

～すぎる

太…、過於…

類義表現
すぎだ 太…

接續方法 ▸ {[形容詞・形容動詞]詞幹；動詞ます形}＋すぎる

1【強調程度】表示程度超過限度，超過一般水平、過份的或因此不太好的狀態，如例（1）～（3）。

2〖否定形〗前接「ない」，常用「なさすぎる」的形式，如例（4）。

3〖よすぎる〗另外，前接「良い（いい／よい）（優良）」，不會用「いすぎる」，必須用「よすぎる」，如例（5）。

被燒對象　行動　　程度太過…

肉(にく)を焼(や)きすぎました。

肉烤過頭了。

今天是大夥一起烤肉的日子，也是我大展身手的時候！…唉呀！糟了！肉焦掉了！

「焼きすぎました」表示燒烤程度過度，超出了適當的範圍，而令人感到不滿意。

☞ 文法應用例句

2 你講話太過直白。

君(きみ)ははっきり（直接地）言(い)いすぎる。

★「言いすぎる」意味著直白程度過高，超出了適當的範疇，使人感到不舒服。

3 過度清潔身體也不好。

体(からだ)（身體）を洗(あら)（清洗）いすぎるのもよくありません。

★「洗いすぎる」意味著過度清潔身體，超過了合適的範圍。過度清潔可能會影響皮膚的自然屏障，對身體健康並非有益。

4 你對自己太沒信心了啦！

君(きみ)は自分(じぶん)（自己）に自信(じしん)（信心）がなさすぎるよ。

★「自信がなさすぎる」指自信程度過低超出了合適的範圍。說話人建議對方應該提高自信心，以便更好地應對生活中的挑戰。

5 相親的對象腦筋太聰明，雙方完全沒有共通的話題。

お見合(みあ)い（相親）の相手(あいて)（對象）は頭(あたま)が良(よ)すぎて、話(はなし)が全然(ぜんぜん)合(あ)（一致）わなかった。

★「良すぎる」表示對方的智慧程度遠超自己，導致無法融洽交流。找到共同話題和興趣。

grammar

013 ～ことができる

Track 056

1. 可能、可以；2. 能…、會…

類義表現
（ら）れる
會…；能…

接續方法 ▸ {動詞辭書形}＋ことができる

1【可能性】表示在外部的狀況、規定等客觀條件允許時可能做，如例（１）～（３）。

2【能力】表示技術上、身體的能力上，是有能力做的，如例（４）、（５）。

3〘更書面語〙這種説法比「可能形」還要書面語一些。

動作地點 ↓　觀看對象 ↓　可能性 ↓

例1 ここから、富士山(ふじさん)をご覧(らん)になることができます。

從這裡可以看到富士山。

今天導遊帶著我們去看富士山，「ご覧になることができます」（可以看得到）是外部條件，在山丘上的高台，天氣放晴的客觀條件下，就有可能看得到「富士山」。

「富士山」在天氣放晴等，外界客觀條件影響下，就有可能看到「ご覧になることができます」。

☞ 文法應用例句

2 **頂樓可以踢足球。**

屋上(おくじょう)［屋頂］でサッカー［足球］をすることができます。

★在「屋上」這個客觀環境中，具有足夠的空間和適當的設施，使得可以進行「サッカーをすることができます」踢足球的活動。

3 **明天早上沒辦法過來，如果是下午就可以。**

明日(あす)の午前(ごぜん)［上午］は来(く)ることができません。午後(ごご)［下午］だったらいいです。

★由於時間或其他原因，明天上午「来ることができません（不能前來）」，但下午可以履行約定。

4 **車子無法突然停下。**

車(くるま)は、急(きゅう)に［突然的］止(と)まる［停下］ことができない。

★「ことができない」表示在某些情況下，由於慣性和安全考慮，汽車無法立即停止「急に止まる」。

5 **第３次應考，終於通過了日檢N4測驗。**

３回目(さんかいめ)［第］の受験(じゅけん)［考試］で、やっとＮ４(エヌよん)に合格(ごうかく)［合格］することができた。

★「ことができた」表示經過努力和不懈的嘗試，說話人終於在第３次應考的情況下成功通過 N4 級日語考試「合格することができた」。

grammar **014** Track 057

～(ら)れる

1. 會…、能…；3. 可能、可以

類義表現
できる 能…

接續方法 ▸ {[一段動詞・カ變動詞]可能形}＋られる；{五段動詞可能形；サ變動詞可能形さ}＋れる

1【能力】表示可能，跟「ことができる」意思幾乎一樣。只是「可能形」比較口語。表示技術上、身體的能力上，是具有某種能力的，如例（1）～（3）。

2〔助詞變化〕日語中，他動詞的對象用「を」表示，但是在使用可能形的句子裡「を」常會改成「が」，但「に、へ、で」等保持不變，如例（1）、（2）。

3【可能性】從周圍的客觀環境條件來看，有可能做某事，如例（4）。

4〔否定形－(ら)れない〕否定形是「(ら)れない」，為「不會…；不能…」的意思，如例（5）。

主體 ↓ 舞蹈種類 ↓ 主體的能力 ↓

私(わたし)はタンゴが踊(おど)れます。

我會跳探戈。

「踊る→踊れます（會跳）」表示說話人具有跳探戈的技術、能力。

小時候我就對舞蹈很感興趣，所以舞蹈的練習一直都沒有中斷過。

☞ 文法應用例句

2 瑪麗小姐會用筷子嗎？

マリさんはお箸(はし)〔筷子〕が使(つか)えますか。

★「使う→使えます（會使用）」表示說話人想要了解マリさん是否具有使用筷子的能力。

3 我能游200公尺左右。

私(わたし)は200(にひゃく)メートル〔公尺〕ぐらい泳(およ)げます〔能游泳〕。

★「泳ぐ→泳げます（會游泳）」表示說話人具有游200公尺的技術和能力。

4 誰都可以變成有錢人。

誰(だれ)でもお金持(かねも)ち〔有錢人〕になれる。

★「なれる」指任何人都有可能通過努力、創新或投資等途徑成為富有的人「お金持ちになる」。

5 明天如果是下午就能來，但若是上午就沒辦法來了。

明日(あした)は、午後(ごご)〔下午〕なら来(こ)られるけど、午前(ごぜん)〔上午〕は来(こ)られない。

★「来られる（能來）」指明天下午的時間條件允許，可以前來參加活動；而上午則「来られない（不能來）」無法抽身前往。

日文小秘方 7 ▸ 可能形

動詞的可能形變化

1 第一類（五段動詞）

將動詞辭書形的詞尾，變為え段音(え、け、せ、て、ね…)假名，然後加上“る”就可以了。

例如：

行(い)く → 行(い)け → 行(い)ける

泳(およ)ぐ → 泳(およ)げ → 泳(およ)げる

買(か)う → 買(か)え → 買(か)える

2 第二類（一段動詞）

去掉動詞辭書形的詞尾る，然後加上“られる”就可以了。

例如：

居(い)る → 居(い)られる　　起(お)きる → 起(お)きられる

あげる → あげられる

補　充

省略“ら”的口語用法

在日語口語中，習慣將“られる”中的“ら”省略掉，變成“れる”，這種變化稱為「ら抜き言葉」（省略ら的詞），但這是不正確的日語用法，因此在文章或正式場合中，仍普遍使用“られる”。

例如：

食(た)べられる → 食(た)べれる　　見(み)られる → 見(み)れる

出(で)られる → 出(で)れる

❸ 第三類（カ・サ変動詞）

將来(く)る變成“来(こ)られる”；將する變成“できる”就可以了。

例如：

来(く)る → 来(こ)られる

する → できる

紹介(しょうかい)する → 紹介(しょうかい)できる

祕方習題 7 ▸ 請寫出下列表中動詞的可能形

動詞		可能形	動詞		可能形
送(おく)る	▶		楽(たの)しむ	▶	
飲(の)む	▶		買(か)い物(もの)する	▶	
聞(き)く	▶		かける	▶	
換(か)える	▶		出(で)る	▶	
待(ま)つ	▶		会(あ)う	▶	
食事(しょくじ)する	▶		切(き)る	▶	
出(だ)す	▶		吸(す)う	▶	
終(お)わる	▶		迎(むか)える	▶	
走(はし)る	▶		借(か)りる	▶	
休(やす)む	▶		怒(おこ)る	▶	

grammar
015
Track 058

～なければならない

必須…、應該…

類義表現
ざるをえない 不得不…

接續方法 ▸ {動詞否定形} ＋なければならない

1【義務】表示無論是自己或對方，從社會常識或事情的性質來看，不那樣做就不合理，有義務要那樣做，如例（1）～（3）。

2〖疑問－なければなりませんか〗表示疑問時，可使用「～なければなりませんか」，如例（4）。

3〖口語－なきゃ〗「なければ」的口語縮約形為「なきゃ」。有時只說「なきゃ」，並將後面省略掉，如例（5）。

行為目的 ↓　行為對象 ↓　動作 ↓　社會規定 ↓

例1 **医者になるためには国家試験に合格しなければならない。**

想當醫生，就必須通過國家考試。

為了「医者になる」（要當醫生），就必須「国家試験に合格する」（通過國家考試）。

日本厚生勞働省規定，「医者になる」必須通過醫師國家考試，所以用「なければならない」。

☞ 文法應用例句

2 **必須在晚上11點以前回到宿舍才行。**

寮には夜11時までに帰らなければならない。

★校方規定為了確保學生的安全和保持宿舍的秩序，必須在晚上 11 點以前回到宿舍，所以用「なければならない」。

3 **大人應該要保護小孩呀！**

大人は子どもを守らなければならないよ。

★以社會常識來說，大人應該要保護小孩，確保他們的安全和健康成長，所以用「なければならない」。

4 **請問申辦護照一定要由本人親自到場辦理嗎？**

パスポートの申請は、本人が来なければなりませんか。

★用「なければなりませんか」詢問申辦護照是否需要本人親自辦理，以確保辦理手續的準確性和安全性。

5 **必須在明天以前歸還這個DVD。**

このDVDは明日までに返さなきゃ。

★租用的店家規定，DVD 必須在明天以前歸還，以免產生罰款或影響其他顧客的租借，所以用口語「なければならない→なきゃ」。

grammar 016 Track 059

～なくてはいけない

必須…、不…不可

類義表現
なければならない 必須…、應該…

接續方法 ▸ {動詞否定形(去い)}＋くてはいけない

1【義務】表示義務和責任，多用在個別的事情，或對某個人，口氣比較強硬，所以一般用在上對下，或同輩之間，口語常說「なくては」或「なくちゃ」，如例（１）、（２）。

2〔普遍想法〕表示社會上一般人普遍的想法，如例（３）、（４）。

3〔決心〕表達說話者自己的決心，如例（５）。

行動主體 ↓　動作 ↓　個人義務（上對下）↓

例1 子(こ)どもはもう寝(ね)なくてはいけません。

這時間小孩子再不睡就不行了。

什麼！？已經半夜一點了？孩子們竟然還在打電動不睡覺。

小孩子不能這麼晚睡，是義務的、必要的，所以用「寝なくてはいけません」。

☞ 文法應用例句

2 下週三之前非得付房租不可。

来週(らいしゅう)の水曜日(すいようび)〔星期三〕までに家賃(やちん)〔房租〕を払(はら)わなくては。

★為了遵守租賃合約並避免產生違約金或其他問題，必須在下週三之前支付房租，所以用口語「払わなくてはいけません→払わなくては」強調這種必要性。

3 答應人家的事一定要遵守才行。

約束(やくそく)〔約定〕は守(まも)〔遵守〕らなくてはいけません。

★遵守承諾是基於信譽和信任的基礎，對雙方都具有重要意義，所以用「守らなくてはいけません」。

4 開車的時候，一定要非常小心四周的狀況才行。

車(くるま)を運転(うんてん)するときは、周(まわ)り〔周遭〕に十分(じゅうぶん)気(き)〔充分地〕をつけなくてはいけない。

★開車時，注意四周環境是為了確保行車安全，保護自己和他人的生命財產，所以用「気をつけなくてはいけない」。

5 今天以內非得完成這個不可。

今日中(きょうじゅう)〔之內〕にこれを終(お)〔結束〕わらせなくてはいけません。

★需要在今天內完成某項任務，表示了說話人的負責態度，所以用「終わらせなくてはいけません」。

grammar
017
Track 060

～なくてはならない

必須…、不得不…

類義表現
なくてもいい 不…也行、用不著…也可以

接續方法 ▸ {動詞否定形(去い)}＋くてはならない

1【義務】表示根據社會常理來看、受某種規範影響，或是有某種義務，必須去做某件事情，如例（1）～（4）。

2〘口語－なくちゃ〙「なくては」的口語縮約形為「なくちゃ」，有時只說「なくちゃ」，並將後面省略掉（此時難以明確指出省略的是「いけない」還是「ならない」，但意思大致相同），如例（5）。

行為時間 ↓ 行為對象 ↓ 動作 ↓ 義務 ↓

例1 今日中（きょうじゅう）に日本語（にほんご）の作文（さくぶん）を書（か）かなくてはならない。

今天一定要寫日文作文。

文法應用例句

2 明天必須5點起床。

明日（あした）は5時（ごじ）に起（お）きなくてはならない。

★明天由於特定的原因或活動安排用「なくてはならない」，強調了明天必須在早上5點起床。表達了對時間限制的重視。

3 作業一定要由自己完成才行。

宿題（しゅくだい）は自分（じぶん）でやらなくてはならない。

★由於學習的目的和老師的期望，用「なくてはならない」表示說話人必須自己完成作業。強調了獨立完成作業的責任感。

4 因為沒有供車輛通行的道路，所以只能靠步行前來。

車（くるま）が走（はし）れる道（みち）がないから、歩（ある）いて来（こ）なくてはならなかった。

★因為道路狀況不允許開車，用「なくてはならない」表示說話人被迫只能步行前往目的地。強調只能遵循當地的交通規則。

5 明天要考試，所以要7點起床才行。

明日（あした）は試験（しけん）だから7時（しちじ）に起（お）きなくちゃ。

★為了準備明天的考試，用口語「なくてはならない→なくちゃ」表示說話人必須在早上7點起床。強調對時間限制的重視。

grammar
018
Track 061

～のに

用於…、為了…

類義表現
ため（に）
以…為目的，做…、為了…；因為…所以…

接續方法 ▸ {動詞辭書形}＋のに；{名詞}＋に

1【目的】是表示將前項詞組名詞化的「の」，加上助詞「に」而來的。表示目的、用途、評價及必要性，如例（1）～（4）。

2〔省略の〕後接助詞「は」時，常會省略掉「の」，如例（5）。

談論對象　　行為目的
↓　　　　　↓

例1 これはレモンを搾（しぼ）るのに便利（べんり）です。

用這個來榨檸檬汁很方便。

每次榨檸檬都努力了半天，也只能擠出一點點，有沒有什麼推薦的用具呢？

「のに」用來說明這個東西「これ」在榨檸檬「レモンを搾る」這個過程中是方便的（便利です）。

文法應用例句

2 這個房間很安靜，很適合用來讀書。

この部屋（へや）〔房間〕は静（しず）かで勉強（べんきょう）する〔用功學習〕のにいい。

★「のに」用來說明這間房間（部屋）因為安靜，所以非常適合用來讀書（勉強する）。強調了學習環境的重要性。

3 這把刀是用來剝栗子的。

このナイフ〔刀子〕は、栗（くり）〔栗子〕をむく〔剝〕のに使（つか）います。

★用來說明這把刀（ナイフ）特別適合用來剝栗子（栗をむく）。突顯了刀子的使用效果。

4 花了5年的時間寫這本小說。

この小説（しょうせつ）〔小說〕を書（か）くのに5年（ごねん）かかりました〔花費了〕。

★「のに」用來說明編寫這本小說（小說）的過程耗時5年。表明創作過程所需的時間和努力。

5 想要通過日檢N1測驗就必須努力。

N1（エヌいち）に受（う）かる〔及格〕には、努力（どりょく）〔努力〕が必要（ひつよう）〔必須的〕だ。

★「(の) に」用來說明想要通過（受かる）日檢N1，努力是不可或缺的。強調該考試需付出努力和時間。

grammar 019 Track 062

～のに

1. 雖然…、可是…；2. 明明…、卻…、但是…

類義表現
けれど（も）、けど
雖然、可是、但…

接續方法 ▸ {[名詞・形容動詞]な；[動詞・形容詞]普通形}＋のに

1【逆接】表示逆接，用於後項結果違反前項的期待，含有說話者驚訝、懷疑、不滿、惋惜等語氣，如例（1）～（3）。

2【對比】表示前項和後項呈現對比的關係，如例（4）、（5）。

主語 ↓　逆接 ↓　違反期待 ↓

例1 その服(ふく)、まだ着(き)られるのに捨(す)てるの。
那件衣服明明就還能穿，你要扔了嗎？

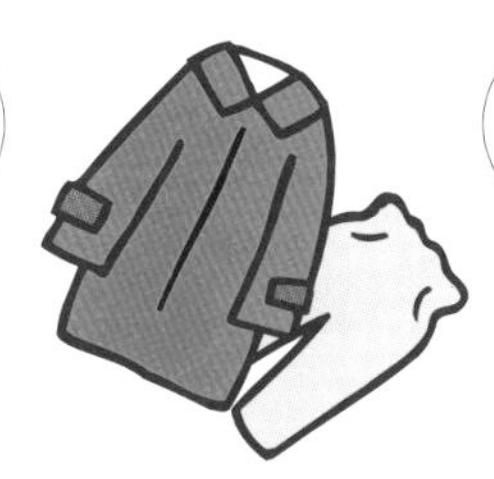

咦？那件衣服看起來還很好耶，為什麼要丟掉啊？

「のに」表儘管衣服還可以穿（表逆接），但卻要被丟掉（表矛盾），語含可惜或不滿。

☞ 文法應用例句

2 才小學1年級而已，就已經會看報紙了。

小学1年生(しょうがくいちねんせい)[年級]なのに、もう新聞(しんぶん)[報紙]が読(よ)める[會閱讀]。

★「のに」用來表達即便只是小學1年級（表逆接），但已經能閱讀報紙了（表矛盾），語含驚訝或懷疑。

3 明明很睏，但是數羊都數到100隻了，還是睡不著。

眠(ねむ)い[睏的]のに、羊(ひつじ)[羊]を100匹(ひゃっぴき)まで数(かぞ)え[數（數量）]ても眠(ねむ)れない。

★「のに」用來表達明明很睏（表逆接），但即使數到100隻羊還是睡不著（表矛盾），語含懷疑或不滿。

4 姊姊很瘦，但是妹妹卻很胖。

お姉(ねえ)さんはやせている[瘦]のに妹(いもうと)は太(ふと)っている[胖]。

★「のに」用來表示兩個姊妹之間的體型對比，強調了姊姊瘦（表逆接），而妹妹卻胖（表矛盾）之間的對比。

5 這家店明明就不好吃卻很貴。

この店(みせ)は、おいしくないのに値段(ねだん)[價格]は高(たか)い[昂貴的]。

★「のに」用來表示食物不好吃（表逆接）卻價格昂貴（表矛盾），強調了美味度和價格之間的對比。

grammar

020

Track 063

～けれど(も)、けど

雖然、可是、但…

類義表現
が
可是…

接續方法 ▸ {[形容詞・形容動詞・動詞] 普通形・丁寧形} ＋けれど(も)、けど

【逆接】逆接用法。表示前項和後項的意思或內容是相反的、對比的。是「が」的口語説法。「けど」語氣上會比「けれど（も）」還來的隨便。

子句（前置情況） ↓　逆接 ↓　非預期結果 ↓

例 1 病院(びょういん)に行(い)きましたけれども、悪(わる)いところは見(み)つかりませんでした。

我去了醫院一趟，不過沒有發現異狀。

最近突然常常莫名感到胸悶、頭暈、食欲不振，於是今天去了醫院檢查。

用「けれども」表示雖然去了醫院（預期情況是可能會找到問題），但實際上並未發現身體不適的原因（與預期情況不符）。

☞ 文法應用例句

2 那部電影雖然是悲劇，卻是一則淒美的愛情故事。

その映画(えいが)〔電影〕は、悲(かな)しい〔悲傷的〕けれども、美(うつく)しい愛(あい)の物語(ものがたり)〔故事〕です。

★用「けれども」表示雖然故事情節悲傷（說話人可能並不喜歡），但實際上卻是一個淒美的愛情故事（與預期結果不同）。

3 我背了平假名，但還沒有背片假名。

平仮名(ひらがな)〔平假名〕は覚(おぼ)えましたけれど、片仮名(かたかな)〔片假名〕はまだです。

★用「けれど」表示雖然已經記住了平假名，但片假名卻還沒學會（前後對比，說明兩者學習進度的差異）。

4 聽起來雖然像是編造的，但卻是真實的事件。

嘘(うそ)〔謊言〕のようだけれども、本当(ほんとう)〔真實〕の話(はなし)です。

★用「けれども」表示雖然故事聽起來像是假的（表達謊言的可能性），實際上卻是真實的事件（與預期情況不符，強調真實性）。

5 我去買東西，但我想要的已經賣完了。

買(か)い物(もの)〔購物〕に行(い)ったけど、ほしかった〔(當時) 想要的〕ものはもうなかった。

★用輕鬆的語氣「けど」表示雖然去購物了（表示期望），但想買的東西卻已經賣完了（與預期情況不符，說明失望）。

grammar
021
Track 064

～てもいい

1. …也行、可以…；2. 可以…嗎

類義表現
てもかまわない
即使…也沒關係、…也行

接續方法 ▸ {動詞て形} ＋もいい

1【許可】表示許可或允許某一行為。如果説的是聽話人的行為，表示允許聽話人某一行為，如例（1）～（3）。

2【要求】如果説話人用疑問句詢問某一行為，表示請求聽話人允許某行為，如例（4）、（5）。

狀態的時間　被允許的行為　許可

今日（きょう）はもう帰（かえ）ってもいいよ。

今天你可以回去囉！

☞ 文法應用例句

2 這次的考試，可以看辭典。

この試験（しけん）では、辞書（じしょ）〔辭典〕を見（み）〔(翻)閱〕てもいいです。

★「てもいい」用來告知學生們，在這次考試中，允許他們使用辭典「辞書を見る（查閱字典）」來回答問題，表達了一種寬容的態度。

3 如果作業寫完了，要玩也可以喔。

宿題（しゅくだい）が済（す）〔完了〕んだら、遊（あそ）〔玩耍〕んでもいいよ。

★「でもいい」用來表示對孩子的鼓勵，若他們完成作業「宿題が済んだら」，則允許他們「遊ぶ（玩耍）」，強調先盡責任，後享樂的重要性。

4 可以打開窗戶嗎？

窓（まど）〔窗戶〕を開（あ）〔打開〕けてもいいでしょうか。

★「てもいいでしょうか（可以嗎）」禮貌地詢問是否可以「窓を開ける（開窗）」以改善室內空氣。

5 老師，我可以去洗手間嗎？

先生（せんせい）。お手洗（てあら）い〔廁所〕に行（い）ってもいいですか。

★「てもいいですか（可以嗎）」尊重並禮貌地詢問老師是否可以「お手洗いに行く（去洗手間）」。

grammar
022
Track 065

～てもかまわない

即使…也沒關係、…也行

類義表現
てもけっこうだ
…也沒關係

接續方法 ▸ {[動詞・形容詞]て形}＋もかまわない；{形容動詞詞幹；名詞}＋でもかまわない

【讓步】表示讓步關係。雖然不是最好的，或不是最滿意的，但妥協一下，這樣也可以。比「てもいい」更客氣一些。

主語 ↓ 假設 ↓ 房間條件 ↓ 讓步 ↓

例1 部屋(へや)さえよければ、多少(たしょう)高(たか)くてもかまいません。

只要（旅館）房間好，貴一點也沒關係。

老公，這家日式溫泉旅館一個晚上要 20 萬圓…會不會太奢華了呢？

用「てもかわない」表示即使價格較高，只要房間的品質達到期望，就讓步一下，不會在意價格的問題。

☞ 文法應用例句

2 就算小一點也沒關係，我想找便宜的公寓。

狭(せま)くてもかまわないから、安(やす)いアパートがいいです。

（狹窄的／便宜的／公寓）

★用「てもかまわない」表示即使房間空間較小，只要價格便宜就可以接受，強調了價格的重要性，而不在意空間大小。

3 這份報告用手寫也行。

このレポートは手書(てが)きでもかまいません。

（報告／手寫）

★用「でもかまわない」表示即使是手寫，只要完成報告就可以接受，顯示了對報告內容的重視，而不會在意書寫方式。

4 直接穿鞋進來也沒關係。

靴(くつ)のまま入(はい)ってもかまいません。

（鞋／進入）

★用「てもかまわない」表示雖然穿鞋進入室內並非最理想，但可以讓步一下，表示對房間的規定較為寬鬆，沒有太多限制。

5 待會再做這份工作也行。

この仕事(しごと)はあとでやってもかまいません。

（工作／等一下）

★用「てもかまわない」表示雖然現在不去做這個工作並非最理想，但可以讓步一下，之後再完成，表示對時間安排的彈性。

grammar **023** Track 066

～てはいけない

1. 不准…、不許…、不要…；2. 不可以…、請勿…

類義表現
てはならない
不能…、不要…

接續方法 ▸ {動詞て形} ＋はいけない

1【禁止】 表示禁止，基於某種理由、規則，直接跟聽話人表示不能做前項事情，由於說法直接，所以一般限於用在上司對部下、長輩對晚輩，如例（1）～（4）。

2【申明禁止】 是申明禁止、規制等的表現。常用在交通標誌、禁止標誌或衣服上洗滌表示等，如例（5）。

動作時間範圍 ↓　　禁止的動作 ↓　　禁止 ↓

ベルが鳴(な)るまで、テストを始(はじ)めてはいけません。

在鈴聲響起前不能動筆作答。

考試規定「ベルが鳴るまで」(鈴聲響前)，「テストを始める」(動筆作答) 這個動作，是「てはいけません」(不允許的)。

「てはいけない」表示禁止在鐘聲響起之前，「テストを始める（動筆作答）」。

☞ 文法應用例句

2 不可以嘲笑別人的失敗。

人(ひと)の失敗(しっぱい)を笑(わら)ってはいけない。

(失敗　取笑)

★「てはいけない」表示禁止對他人失敗的嘲笑行為，強調尊重他人，要有同理心。

3 不可以殺害動物。

動物(どうぶつ)を殺(ころ)してはいけない。

(動物　殺害)

★「てはいけない」表示禁止殺害動物的行為，強調動物的生命同樣珍貴，要尊重生命。

4 早知道就別相信那種人說的話了。

あんな人(ひと)の言(い)うことを信(しん)じてはいけなかった。

(那樣的　相信)

★「てはいけなかった」表示過去應該避免相信那種人的話語，表達了後悔和對那人的不信任。

5 請勿在此停車。

ここに駐車(ちゅうしゃ)してはいけない。

(停車)

★「てはいけない」表達了在這個地方停車是不允許的，強調遵守相關規定和尊重他人的權益。

grammar 024 Track 067

～たことがある

1. 曾經…過

類義表現
ことがある 有時…、偶爾…

接續方法 ▸ {動詞過去式}＋たことがある

【經驗】表示經歷過某個特別的事件，且事件的發生離現在已有一段時間，大多和「小さいころ、むかし、過去に、今までに」等詞前後呼應使用，也指過去曾經體驗過的一般經驗。

被觀察物體　經驗動作　過去經驗

例1 うん、僕(ぼく)は UFO(ユーフォー) を見(み)たことがあるよ。

對，我有看過UFO喔。

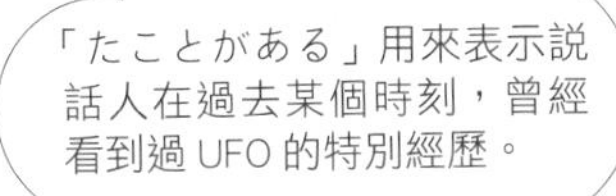

十幾年前，我還在讀小學時，有一天在回家路上，看到 UFO 從我頭上飛過喔！真的！

☞ 文法應用例句

2 小時候曾經來過這裡一次。

小(ちい)さいころ〔時候〕、一度(いちど)〔一次〕ここに来(き)たことがある。

★「たことがある」這裡表示在小時候，曾經來過這個地方一次。

3 雖然久聞大名，卻是第一次見到面。

名前(なまえ)は聞(き)いたことがあった〔聽聞了〕が、見(み)るのは初(はじ)めて〔第一次〕だった。

★「たことがあった」這裡表示聽過某人的名字，但實際見到那個人是第一次。

4 你的電腦曾經當機過嗎？

パソコン〔電腦〕が動(うご)か〔運作〕なくなったことがありますか。

★「たことがありますか」在這裡，詢問對方是否曾經遇到過電腦無法運作的情況。

5 你曾看過沖繩的舞蹈嗎？

沖縄(おきなわ)の踊(おど)り〔舞蹈〕を見(み)たことがありますか。

★「たことがありますか」在這裡，詢問對方是否曾經有觀看過沖繩的舞蹈表演的經歷。

grammar **025** Track 068

～つづける

1. 連續…、繼續…；2. 持續…

類義表現
はじめる 開始…

接續方法 ▸ {動詞ます形} ＋つづける

1【繼續】 表示連續做某動作，或還繼續、不斷地處於同樣的狀態，如例（1）～（3）。

2【意圖行為的開始及結束】 表示持續做某動作、習慣，或某作用仍然持續的意思，如例（4）、（5）。

3〔注意時態〕 現在的事情用「～つづけている」，過去的事情用「～つづけました」。

時間狀態　連續性時間　持續動作　持續
↓　↓　↓　↓

朝（あさ）からずっと走（はし）り続（つづ）けて、疲（つか）れました。

從早上就一直跑，真累。

今天有好多地方要跑要趕，要先去公司開會，然後趕去寄包裹，接著趕在中午前去送便當，下午還要去拜訪客戶，然後在家人回家前趕回家煮飯。

「走り続けて」表達了自早上以來持續跑步的行為，並描述了這個行為導致的疲勞感。

☞ 文法應用例句

2 睡美人一直沉睡了100年。

オーロラ姫（ひめ／公主）は100年間（ひゃくねんかん）眠（ねむ／睡眠）り続（つづ）けました。

★「眠り続けて」表示睡美人在這漫長的百年時間裡，持續不斷地沉睡著，直至最終醒來。

3 傷口血流不止。

傷（きず／傷口）から血（ち／血）が流（なが／流淌）れ続（つづ）けている。

★「流れ続けて」表達強調了血液流動的持續性，突顯了傷口的嚴重性。

4 妳正是我長久以來一直在追尋的完美女人。

あなたこそ、僕（ぼく）が探（さが／尋找）し続（つづ）けていた理想（りそう／理想）の女性（じょせい）です。

★「探し続けて」表示對方正是說話人過去一直努力尋找的理想女性。強調說話人的堅持和不懈。

5 這個藥請持續吃到感冒痊癒為止。

風邪（かぜ／感冒）が治（なお／治癒）るまで、この薬（くすり／藥）を飲（の）み続（つづ）けてください。

★「飲み続けて」表示請對方在感冒痊癒之前，持續不斷地服用這款藥物。強調持續使用對於痊癒的重要性。

grammar 026 Track 069

やる

給予…、給…

類義表現
あげる
給予…、給…

接續方法 ▸ {名詞} + {助詞} + やる

【物品受益－上給下】授受物品的表達方式。表示給予同輩以下的人，或小孩、動植物有利益的事物。句型是「給予人は（が）接受人に～をやる」。這時候接受人大多為關係親密，且年齡、地位比給予人低。或接受人是動植物。

位置　接受者　給予物　物品受益－上給下

応接間（おうせつま）の花（はな）に水（みず）をやってください。

把會客室的花澆一下。

文法應用例句

2 我給孩子點心。

私（わたし）は子（こ）どもにお菓子（かし）〔零食〕をやる〔給予〕。

★「やる」表示將零食給予孩子，此句中的主要對象是「子ども」，而動作是給予。表達了關愛和照顧孩子的行為。

3 把年輕時候的衣服給了女兒。

娘（むすめ）に若（わか）いころ〔年輕的〕の服（ふく）〔衣服〕をやった。

★「やる」表示將自己年輕時候的衣服送給女兒，對象是「娘」，而動作是給予。表達了一種與女兒分享回憶和感情的行為。

4 不可以餵狗吃巧克力。

犬（いぬ）〔小狗〕にチョコレート〔巧克力〕をやってはいけない。

★「やってはいけない」表示禁止將巧克力餵給狗，對象是「犬」，而動作是餵食。強調了飼主需要注意狗的飲食安全。

5 該餵什麼給小鳥吃才好呢？

小鳥（ことり）〔小鳥〕には、何（なに）をやったらいいですか。

★「やる」表示詢問應該拿什麼食物來餵養小鳥，對象是「小鳥」，而動作是餵食。

grammar
027
Track 070

～てやる

1. 給…（做…）；2. 一定…

類義表現
てあげる （為他人）做…

接續方法 ▶ {動詞て形} ＋やる

1【行為受益－上為下】表示以施恩或給予利益的心情，為下級或晚輩（或動、植物）做有益的事，如例（１）～（３）。

2【意志】由於說話人的憤怒、憎恨或不服氣等心情，而做讓對方有些困擾的事，或說話人展現積極意志時使用，如例（４）、（５）。

接受者 ↓ 給予物 ↓ 付出行為 ↓ 行為受益－上為下 ↓

例 1 息子(むすこ)の８歳(はっさい)の誕生日(たんじょうび)に、自転車(じてんしゃ)を買(か)ってやるつもりです。

我打算在兒子８歲生日的時候，買一輛腳踏車送他。

我家那兒子生日快到啦！我想給他一個大驚喜！

「てやる」表示說話人「父親或母親」，主動幫關係親密的「息子」，做出買自行車這個行為。

☞ 文法應用例句

2 **因為妹妹來問我作業，所以就教她了。**

妹(いもうと)が宿題(しゅくだい)を聞(き)〔詢問〕きにきたので、教(おし)〔教導〕えてやりました。

★「てやる」表示說話人，作為哥哥或姐姐，在親密的妹妹請教作業時，主動地對她進行教導。表達了家人間的幫助和關懷。

3 **浦島太郎救了遭到欺負的烏龜。**

浦島太郎(うらしまたろう)は、いじめられていた亀(かめ)〔烏龜〕を助(たす)〔拯救〕けてやりました。

★「てやる」表示「浦島太郎」在發現處於弱勢地位的烏龜受到欺凌時，主動地伸出援手進行拯救。表達了正義和憐憫。

4 **這麼黑心的企業，我隨時都可以辭職走人！**

こんなブラック企業(きぎょう)〔黑心企業〕、いつでも辞(や)〔辭去〕めてやる。

★「てやる」表達說話人對公司的強烈不滿，強調他隨時想要辭職的積極意識，同時透露出憤怒和無奈的情感。

5 **你看好了！我會闖出一番主導世界潮流的大事業給你瞧瞧！**

見(み)ていろ。今(いま)に私(わたし)が世界(せかい)〔世界〕を動(うご)〔引起潮流〕かしてやる。

★「てやる」表達說話人對未來有著強烈的抱負和自信，認為自己具有改變世界的能力。展示了自我期許和對未來的信心。

日文小祕方 8 ▸ 授受的表現

日語中，授受動詞是表達物品的授受，以及恩惠的授受。因為主語(給予人、接受人)的不同，所用的動詞也會不同。遇到此類題型時，一定要先弄清楚動作的方向詞，才不會混淆了喔！

授受的表現一覽

給予的人是主語	やる	給予的人＞接受的人 接受的人的地位、年紀、身分比給予的人低（特別是給予一方的親戚）、或者接受者是動植物
	さしあげる	給予的人＜接受的人 接受的人的地位、年紀、身分比給予的人高
	あげる	給予的人≧接受的人 給予的人和接受的人，地位、年紀、身分相當，或比接受的人高
	くれる	給予的人＝接受的人 接受的人是說話者（或屬說話者一方的），且給予的人和接受的人的地位、年紀、身分相當
	くださる	給予的人＞接受的人 接受的人是說話者（或屬說話者一方的），且給予的人比接受的人的地位、年紀、身分高
接受的人是主語	もらう	給予的人＝接受的人 給予的人和接受的人的地位、年紀、身分相當
	いただく	給予的人＞接受的人 給予的人的地位、年紀、身分比接受的人高

補充：親子或祖孫之間的授受表現，因關係較親密所以大多以同等地位來表現。

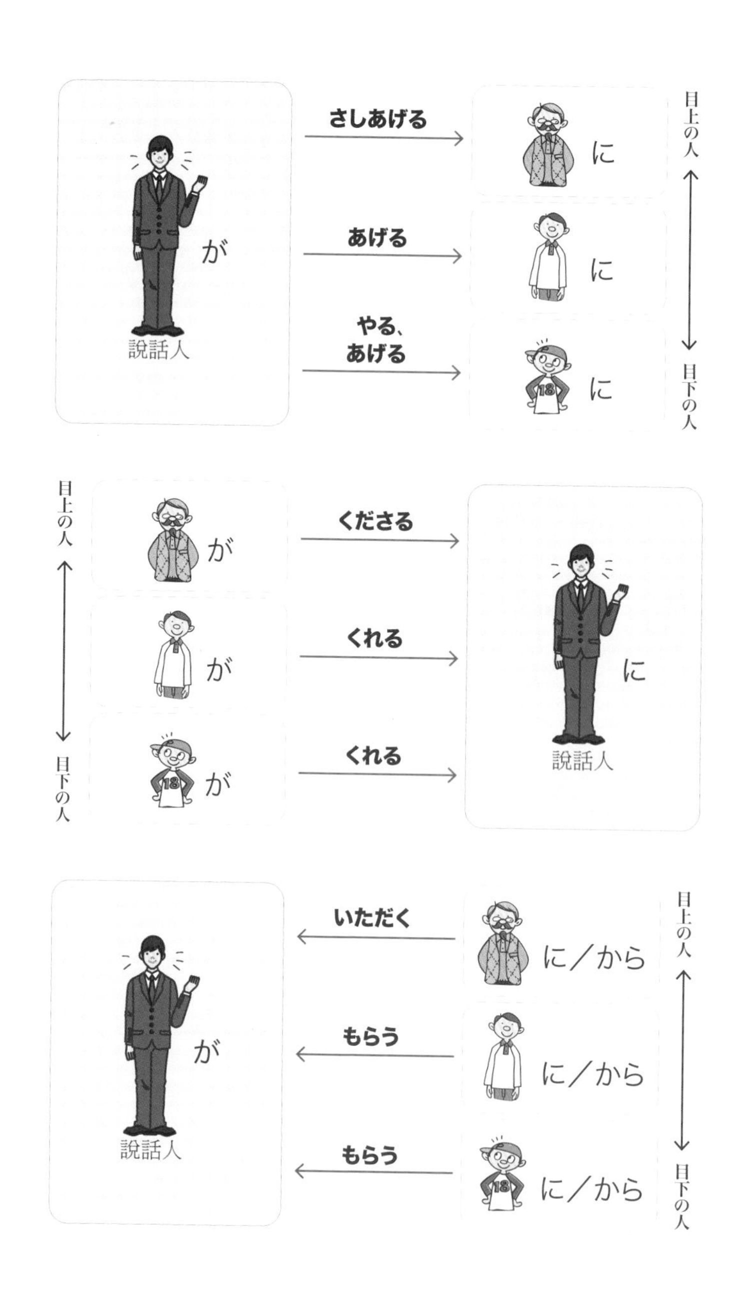
さしあげる
に
目上の人
あげる
に
やる、
あげる
に
目下の人
が
說話人
目上の人
が
くださる
が
くれる
が
くれる
目下の人
に
說話人
いただく
に／から
目上の人
もらう
に／から
もらう
に／から
目下の人
が
說話人

秘方習題 8 ▸ 請選出最恰當的授受表現

1 先生(せんせい)が　駅(えき)まで　送(おく)って　（　　）。

A　あげた　　B　もらった

C　いただいた　　D　くださった

2 父(ちち)は　私(わたし)を　学校(がっこう)まで　送(おく)って　（　　）。

A　あげた　　B　もらった

C　くれた　　D　さしあげた

3 私(わたし)は　洋子(ようこ)さん（　　）　誕生日(たんじょうび)プレゼントを　あげました。

A　を　　B　が

C　から　　D　に

4 わからない　ところを　クラスメート（　　）教(おし)えて　くれました。

A　に　　B　が

C　の　　D　と

5 友人(ゆうじん)に　いつもの　所(ところ)で　（　　）。

A　待(ま)ったもらった　　B　待ってもらった

C　待ったくれた　　D　待ってくれた

grammar

028

Track 071

あげる

給予…、給…

類義表現

さしあげる

給予…、給…

接續方法 ▸ {名詞} ＋ {助詞} ＋あげる

【物品受益－給同輩】授受物品的表達方式。表示給予人（說話人或說話一方的親友等），給予接受人有利益的事物。句型是「給予人は（が）接受人に～をあげます」。給予人是主語，這時候接受人跟給予人大多是地位、年齡同等的同輩。

給予者　接受者　給予物　物品受益－給同輩

例 1 私（わたし）は李（リ）さんにCD（シーディー）をあげた。

我送了CD給李小姐。

記得李小姐跟我說過她最喜歡中島美嘉了。我就趁她生日時，送中島美嘉的新專輯給她。

「あげる」表達了說話人將CD作為禮物送給地位相同的李小姐。給予物是「CD」，而動作是贈送。

☞ 文法應用例句

2 我給了中山同學巧克力。

私（わたし）は中山君（なかやまくん）にチョコ（巧克力）をあげた。

★說話人送給地位相等的中山同學巧克力作為禮物，「あげる」表達了這種贈送的動作，展現了說話人對中山同學的友誼。

3 給你我的名片，請寫信給我。

私（わたし）の名刺（めいし）（名片）をあげますから、手紙（てがみ）（信）をください。

★「あげる」表達說話人禮貌地將名片提供給地位相等的對方，以建立聯繫。給予物是「名刺」，而動作是給予。

4 我打算在朋友生日時送個生日禮物。

友達（ともだち）（朋友）の誕生日（たんじょうび）（生日）に、何（なに）かプレゼント（禮物）をあげるつもりだ。

★「あげる」表示說話人考慮要送禮物給地位相等的朋友慶祝生日，給予物是「プレゼント」，而動作是贈送。表達了對朋友的關心和祝福。

5 「這給你。」「哇！真的可以收下嗎？謝謝！」

「これ、あげる」「えーっ、いいの、ありがとう（謝謝）」

★「あげる」表達送給地位相等的對方禮物，給予物是某物。強調友誼的表現，讓對方感到驚喜和感激。

grammar

029

Track 072

～てあげる

（為他人）做…

類義表現

てやる

給…（做…）

接續方法 ▸ {動詞て形}＋あげる

【行為受益－為同輩】表示自己或站在一方的人，為他人做前項利益的行為。基本句型是「給予人は（が）接受人に～を動詞てあげる」。這時候接受人跟給予人大多是地位、年齡同等的同輩。是「～てやる」的客氣說法。

給予者 接受者 給予物　付出行為　行為受益－為同輩

私は夫に本を１冊買ってあげた。（わたし・おっと・ほん・いっさつ・か）

我給丈夫買了一本書。

這本健康飲食的書很暢銷呢！剛好最近丈夫迷上了各種健康食療法，買本回去給他看看好了！

「てあげる」表示說話人幫他人（丈夫）做出購買書籍這個行為。

文法應用例句

2 我借給了朋友一本書。

私は友達に本を貸してあげました。（わたし・ともだち・ほん・か）〔本：書籍；貸す：借出〕

★「てあげる」表示說話人慷慨地借給了他的朋友一本書。這裡強調了說話人對朋友的友好舉動。

3 因為孩子考了100分，所以稱讚他了。

子どもが100点を取ってきたので、ほめてあげた。（こ・ひゃくてん・と）〔点：分數；取る：取得；ほめる：稱讚〕

★「てあげる」表示說話人在孩子得到滿分的情況下，給予讚美和鼓勵。

4 花子，我來替妳拍張照片吧！

花子、写真を撮ってあげましょうか。（はなこ・しゃしん・と）〔写真：照片；撮る：拍攝〕

★「てあげましょうか」表示說話人熱情地詢問花子是否需要幫助拍照。

5 因為朋友遺失了手帕，所以幫他一起找了找。

友達がハンカチをなくしたので、一緒に探してあげた。（ともだち・いっしょ・さが）〔ハンカチ：手帕；なくす：遺失了；一緒に：一起〕

★「てあげる」表示說話人在朋友丟失手帕時，主動幫助並陪同他一起尋找。

grammar 030 Track 073

さしあげる

給予…、給…

類義表現
いたただく
承蒙…、拜領…

接續方法 ▸ {名詞} + {助詞} + さしあげる

【物品受益－下給上】授受物品的表達方式。表示下面的人給上面的人物品。句型是「給予人は（が）接受人に～をさしあげる」。給予人是主語，這時候接受人的地位、年齡、身分比給予人高。是一種謙虛的說法。

給予者 接受者 給予物 物品受益－下給上

私（わたし）は社長（しゃちょう）に資料（しりょう）をさしあげた。

我呈上資料給社長。

我花了一個星期終於整理好了公司的成本表，做好後，我親自拿給了社長。

「さしあげる」表示向地位較高的尊敬對象（社長）提供資料。

☞ 文法應用例句

2 送禮給本田教授以恭喜他出院了。

本田教授（ほんだきょうじゅ）に退院（たいいん）のお祝（いわ）いを差（さ）し上（あ）げた。

★「さしあげる」表示向地位較高的尊敬對象（本田教授）表達敬意和祝福，贈送出院賀禮。

3 贈送了紀念禮物給即將離職的前輩。

退職（たいしょく）する先輩（せんぱい）に記念品（きねんひん）を差（さ）し上（あ）げた。

★「さしあげる」表示向地位較高的尊敬對象（前輩）表達敬意和感激，贈送紀念品。

4 我每年都寫賀年卡給老師。

私（わたし）は毎年（まいとし）先生（せんせい）に年賀状（ねんがじょう）をさしあげます。

★「さしあげる」表示向地位較高的尊敬對象（老師）表達尊重和感激，寄送賀年卡。

5 你送了她父親什麼？

彼女（かのじょ）のお父（とう）さんに何（なに）をさしあげたのですか。

★「さしあげる」表示詢問對方送給地位較高的尊敬對象（她父親）什麼，同時強調了對她父親的尊敬與關心。

grammar
031
Track 074

～てさしあげる

（為他人）做…

類義表現
ていただく 承蒙…

接續方法 ▸ {動詞て形}＋さしあげる

【行為受益－下為上】表示自己或站在自己一方的人，為他人做前項有益的行為。基本句型是「給予人は（が）接受人に～を動詞てさしあげる」。給予人是主語。這時候接受人的地位、年齡、身分比給予人高。是「～てあげる」更謙虛的說法。由於有將善意行為強加於人的感覺，所以直接對上面的人說話時，最好改用「お～します」，但不是直接當面說就沒關係。

給予者 接受者 付出行為 行為受益－下為上

例1 **私（わたし）は部長（ぶちょう）を空港（くうこう）まで送（おく）ってさしあげました。**

我送部長到機場。

昨天部長出差到北京分公司。今天課長問我，是誰送部長去機場的？我就說是我。

「てさしあげる」表示為地位較高的尊敬對象（部長）提供送行的幫助。

文法應用例句

2 我帶他們去參觀京都。

京都（きょうと）を案内（あんない）〔導覽〕してさしあげました。

★「てさしあげる」表示說話人主動幫助對方導遊京都，並將這項服務送給對方，展現了說話人對對方的尊重和關懷。

3 幫了千葉教授的忙。

千葉教授（ちばきょうじゅ）〔教授〕を手伝（てつだ）って〔幫忙〕差（さ）し上（あ）げた。

★「てさしあげる」表示說話人主動幫助地位較高的千葉教授完成了某些事情，並且強調了自己對千葉教授的尊重和敬意。

4 快點知會前輩！

早（はや）く先輩（せんぱい）〔前輩〕に知（し）らせて差（さ）し上（あ）げよう。

★「てさしあげる」表示說話人要求對方及時將信息傳達給前輩，並強調了對地位較高的前輩的尊重和禮貌。

5 我幫老師把車停進了車庫。

私（わたし）は先生（せんせい）の車（くるま）を車庫（しゃこ）〔車庫〕に入（い）れて〔（停）入〕さしあげました。

★「てさしあげる」表達出尊敬地幫助地位較高的老師，把車子停進車庫裡。強調尊敬老師並願意協助。

grammar
032
Track 075

くれる

給…

類義表現
やる 給予…、給…

接續方法 ▸ {名詞}＋{助詞}＋くれる

【物品受益－同輩】表示他人給說話人（或說話一方）物品。這時候接受人跟給予人大多是地位、年齡相當的同輩。句型是「給予人は（が）接受人に～をくれる」。給予人是主語，而接受人是說話人，或說話人一方的人（家人）。給予人也可以是晚輩。

給予者 接受者　給予物　物品受益－同輩

ともだち　わたし　いわ　でんぽう

例1 友達が私にお祝いの電報をくれた。

朋友給了我一份祝賀的電報。

我結婚的時候，還在美國唸書的好友阿明，給了我一通賀電。真叫人高興！

「くれる」表示地位相等的朋友向說話人提供物品（慶祝電報）的行為。語含感激之情。

☞ 文法應用例句

2 哥哥送了入學賀禮給我。

兄が私に入学祝いをくれた。
（兄：あに／哥哥；私：わたし；入学祝い：にゅうがくいわ（い）／入學）

★「くれる」表示關係親密的哥哥，在重要時刻向說話人提供物品（入學賀禮）的行為。語含感激，強調兄長的關愛與支持。

3 朋友給了我一本有趣的書。

友達が私に面白い本をくれました。
（友達：ともだち；私：わたし；面白い：おもしろ（い）／有趣的；本：ほん）

★「くれる」表示地位相等的朋友向說話人提供物品（有趣的書）的行為。語含感激，強調朋友的友情與分享。

4 女兒送給我生日禮物。

娘が私に誕生日プレゼントをくれました。
（娘：むすめ；私：わたし；誕生日：たんじょうび／生日；プレゼント／禮物）

★「くれる」表示關係親密的晚輩在特殊日子，向說話人提供物品（生日禮物）的行為。語含感激，強調女兒的關心與愛意。

5 姐姐送給我的生日禮物是耳環。

姉がくれた誕生日プレゼントは、イヤリングでした。
（姉：あね／姊姊；誕生日：たんじょうび；イヤリング／耳環）

★「くれる」表示關係親密的姊姊在特別的日子，向說話人提供物品（耳環）的行為。語含感激，強調姊姊的照顧與心思。

grammar 033 Track 076

～てくれる

（為我）做…

類義表現
てくださる
（為我）做…

接續方法▶ {動詞て形}＋くれる

1【行為受益－同輩】表示他人為我，或為我方的人做前項有益的事，用在帶著感謝的心情，接受別人的行為，此時接受人跟給予人大多是地位、年齡同等的同輩，如例（１）～（３）。

2〖行為受益－晚輩〗給予人也可能是晚輩，如例（４）。

3〖主語＝給予人；接受方＝說話人〗常用「給予人は（が）接受人に～を動詞てくれる」之句型，此時給予人是主語，而接受人是說話人，或說話人一方的人，如例（５）。

給予者 ↓　付出行為 ↓　行為受益－同輩 ↓

例1 同僚（どうりょう）がアドバイスをしてくれた。
同事給了我意見。

跟我同時進公司的小林人很親切，他常在工作上給我不錯的建議。

「てくれる」表達了地位相等的同事為說話人提供幫助（アドバイスをする）的行為。語含感激之情。

☞ 文法應用例句

2 田中先生幫了我工作上的忙。

田中（たなか）さんが仕事（しごと）［工作］を手伝（てつだ）って［幫忙］くれました。

★「てくれる」表示地位相等的田中先生對話人提供了幫助「仕事を手伝う」。語含感激田中先生的友情與支持。

3 佐藤小姐向公司請假一天，帶我參觀了這座城鎮。

佐藤（さとう）さんは仕事（しごと）を１日（いちにち）休（やす）んで［休假］町（まち）［城鎮］を案内（あんない）して［導覽］くれました。

★「てくれる」表示地位相等的友人佐藤先生為說話人休假一天，並提供旅遊指南「町を案内する」。語含感激佐藤先生的熱情與友善。

4 孩子們也對我說了：「爸爸，加油喔！」

子（こ）どもたちも、「お父（とう）さん、頑張（がんば）って［加油］」と言（い）ってくれました。

★「てくれる」表示關係親密的孩子們給父親鼓勵和支持。語含感激孩子們的關心與鼓勵。

5 花子借傘給我。

花子（はなこ）は私（わたし）に傘（かさ）［雨傘］を貸（か）して［借（出）］くれました。

★「てくれる」表示地位相等的花子「傘を貸す（借了傘）」給說話人。語含感激花子的關心與友情。

grammar
034
Track 077

くださる

給…、贈…

類義表現
いただく
承蒙…、拜領…

接續方法 ▸ {名詞}＋{助詞}＋くださる

【物品受益－上給下】 對上級或長輩給自己（或自己一方）東西的恭敬說法。這時候給予人的身分、地位、年齡要比接受人高。句型是「給予人は（が）接受人に～をくださる」。給予人是主語，而接受人是說話人，或說話人一方的人（家人）。

給予者　接受者　給予物　物品受益－上給下

例1 先生（せんせい）が私（わたし）に時計（とけい）をくださいました。

老師送給我手錶。

出國留學前，老師送了一隻錶給我，希望我做事要掌握要領，並把握時間。

「くださる」的作用是表達敬意地，描述老師給予說話人手錶的行為。

☞ 文法應用例句

2 學長送書給我們。

先輩（せんぱい）は私（わたし）たちに本（ほん）をくださいました。

［前輩］［們］

★「くださる」表示對學長慷慨地給予書本行為的敬意。

3 老師送我他的大作。

先生（せんせい）はご著書（ちょしょ）をくださいました。

［老師］［著作］

★「くださる」表示對老師親切地贈送作品行為的尊敬與感激。

4 部長來探望我時，還送花給我。

部長（ぶちょう）がお見舞（みま）いに花（はな）をくださった。

［部長］［探望］

★「くださる」表示對部長關心地探望並送花行為的感激與敬意。

5 村田小姐致贈了入學賀禮給小兒。

村田（むらた）さんが息子（むすこ）に入学祝（にゅうがくいわ）いをくださった。

［兒子］［賀禮］

★「くださる」表示對村田小姐熱情地送入學賀禮行為的敬意與感激。

grammar 035 Track 078

～てくださる

（為我）做…

類義表現
てあげる
（為他人）做…

接續方法 ▸ {動詞て形} ＋くださる

1 【行為受益－上為下】是「～てくれる」的尊敬說法。表示他人為我，或為我方的人做前項有益的事，用在帶著感謝的心情，接受別人的行為時，此時給予人的身分、地位、年齡要比接受人高，如例（1）～（4）。

2 〘主語＝給予人；接受方＝說話人〙常用「給予人は（が）接受人に（を・の…）～を動詞てくださる」之句型，此時給予人是主語，而接受人是說話人，或說話人一方的人，如例（5）。

給予者 ↓ 先生 ／ 行為對象 ↓ 間違えたところ ／ 付出行為 ↓ 直して ／ 行為受益－上為下 ↓ くださいました

先生(せんせい)は、間違(まちが)えたところを直(なお)してくださいました。

老師幫我修正了錯的地方。

老師人很親切又有耐心，在我錯誤的地方，總能用心地幫我修改。

「てくださる」的作用是尊敬地描述老師幫自己「糾正錯誤」的行為。

☞ 文法應用例句

2 老師介紹了一份好工作給我。

先生(せんせい)がいい仕事(しごと)を紹介(しょうかい)してくださった。

（いい：好的；紹介：介紹）

★「てくださる」表示對老師熱心地為自己介紹工作行為的尊敬與感激。

3 曾根先生專程開車到車站來接我。

曽根(そね)さんが車(くるま)で駅(えき)まで迎(むか)えに来(き)てくださった。

（車：汽車；駅：車站；迎え：迎接）

★「てくださる」表示對曾根先生親切地開車接送行為的尊敬與感激。

4 部長，您方便借我那份資料嗎？

部長(ぶちょう)、その資料(しりょう)を貸(か)してくださいませんか。

（資料：資料；貸す：借出）

★「てくださる」表示尊敬地詢問部長能否借資料幫助自己的行為。

5 老師教了我日語。

先生(せんせい)が私(わたし)に日本語(にほんご)を教(おし)えてくださいました。

（日本語：日語；教え：教導）

★「てくださる」表示對老師悉心指導日語學習行為的尊敬與感激。

grammar 036 Track 079

もらう

接受…、取得…、從…那兒得到…

類義表現
くれる
給…

接續方法 ▸ {名詞}＋{助詞}＋もらう

【物品受益－同輩、晚輩】表示接受別人給的東西。這是以説話人是接受人，且接受人是主語的形式，或説話人站是在接受人的角度來表現。句型是「接受人は（が）給予人に～をもらう」。這時候接受人跟給予人大多是地位、年齡相當的同輩。或給予人也可以是晚輩。

接受者 給予者 接受物 物品受益－同輩、晚輩

例1 私(わたし)は友達(ともだち)に木綿(もめん)の靴下(くつした)をもらいました。

我收到了朋友給的棉襪。

朋友給我一雙棉質襪，日本製的耶！好棒喔！

「もらう」表示自己從地位相同的朋友那裡，接受了木綿的襪子。

☞ 文法應用例句

2 花子收到了田中先生給的巧克力。

花子(はなこ)は田中(たなか)さんにチョコ(巧克力)をもらった。

★「もらう」表示花子從地位相同的田中先生那裡，愉快地接受了巧克力。

3 我收到了次郎給的花。

私(わたし)は次郎(じろう)さんに花(はな)(花朵)をもらいました。

★「もらう」表示自己從地位相同的次郎那裡收到了花。表達了感激之情。

4 我兒子娶太太了。

息子(むすこ)(兒子)がお嫁(よめ)さん(新娘)をもらいました。

★「もらう」表示女方嫁入男方的家，成為男方的家屬，並且表達家庭的歡樂。

5 你從她那收到了什麼嗎？

あなた(你)は彼女(かのじょ)(她)に何(なに)をもらったのですか。

★「もらう」詢問對方從地位相同的朋友那裡接受了什麼，表達對對方所獲得物品的好奇。

grammar
037
Track 080

～てもらう

（我）請（某人為我做）…

類義表現
ていただく 承蒙…

接續方法 ▸ {動詞て形}＋もらう

【行為受益－同輩、晚輩】表示請求別人做某行為，且對那一行為帶著感謝的心情。也就是接受人由於給予人的行為，而得到恩惠、利益。一般是接受人請求給予人採取某種行為的。這時候接受人跟給予人大多是地位、年齡同等的同輩。句型是「接受人は（が）給予人に（から）～を動詞てもらう」。或給予人也可以是晚輩。

給予者 ↓ 介紹對象 ↓ 付出行為 ↓ 行為受益－同輩、晚輩 ↓

例1 田中(たなか)さんに日本人(にほんじん)の友達(ともだち)を紹介(しょうかい)してもらった。

我請田中小姐為我介紹日本人朋友。

田中小姐人面廣又親切，我希望能有機會多說日語，所以請他介紹幾個日本朋友。

「てもらう」是描述地位相同的田中先生，由於他的介紹讓自己受益，獲得一位新朋友。

☞ 文法應用例句

2 我請朋友幫了我的忙。

私(わたし)は友達(ともだち)〔朋友〕に助(たす)け〔幫助〕てもらいました。

★「てもらう」是描述地位相同的朋友，在說話人需要幫助時給予支持和協助。

3 向朋友借了錢。

友達(ともだち)にお金(かね)〔金錢〕を貸(か)し〔借出〕てもらった。

★「てもらう」是描述說話人向地位相同的朋友借了錢，得到了及時的幫助。

4 我請高橋先生介紹我便宜的公寓。

高橋(たかはし)さんに安(やす)い〔廉價的〕アパート〔公寓〕を教(おし)えてもらいました。

★「てもらう」是描述地位相同的高橋先生，因他的介紹讓自己受益，找到了一個價格合適的住處。

5 吃午飯時忘記帶錢包，由奧村先生幫忙付了錢。

お昼(ひる)ご飯(はん)のとき財布(さいふ)〔錢包〕を忘(わす)れて、奥村(おくむら)さんに払(はら)っ〔付錢〕てもらった。

★「てもらう」是描述地位相同的奧村先生，在說話人無法支付午餐費用時，慷慨地給予幫助和支持。

grammar
038
Track 081

いただく

承蒙…、拜領…

類義表現
もらう
接受…、取得…、從…那兒得到…

接續方法 ▸ {名詞}＋{助詞}＋いただく

【物品受益－上給下】表示從地位、年齡高的人那裡得到東西。這是以說話人是接受人，且接受人是主語的形式，或說話人站在接受人的角度來表現。句型是「接受人は（が）給予人に～をいただく」。用在給予人身分、地位、年齡比接受人高的時候。比「もらう」說法更謙虛，是「もらう」的謙讓語。

給予者　物品受益－上給下　接受物　意外狀況

例1 **鈴木先生(すずきせんせい)にいただいた皿(さら)が、割(わ)れてしまいました。**
把鈴木老師送的盤子弄破了。

糟了！鈴木老師送的盤子被我弄破了！

「いただく」用來謙遜地向對方表示尊敬，表示從鈴木老師那裡收到一個盤子這一行為的感激。

文法應用例句

2 **可以向您討杯茶水嗎？**

お茶(ちゃ)〔茶〕をいただいてもよろしいですか。

★「いただく」詢問對方能否賜予自己一杯茶，以謙虛有禮的方式表示尊敬。

3 **我收到了師母給的畫。**

私(わたし)は先生(せんせい)の奥(おく)〔（他人）太太〕さんに絵(え)〔圖畫〕をいただきました。

★「いただく」表示自己從老師的太太那裡得到了一幅畫。用謙遜方式表示尊敬，來表達了對禮物的珍惜與感激。

4 **津田部長送了我罐頭禮盒。**

津田部長(つだぶちょう)から缶詰(かんづめ)〔罐頭〕セット〔套組〕をいただきました。

★「いただく」用來謙遜地向對方表示尊敬，表示從津田部長那裡收到一個罐頭禮盒這一行為的感激。

5 **濱崎小姐送了我看起來非常美味的牛肉。**

浜崎(はまさき)さんからおいしそう〔美味的〕なお肉(にく)〔肉類〕をいただきました。

★「いただく」用來謙遜地向對方表示尊敬，自己從濱崎那裡得到了一塊看起來很好吃的肉，語含感激之情。

grammar
039
Track 082

～ていただく

承蒙…

類義表現

てさしあげる

（為他人）做…

接續方法 ▸ {動詞て形} ＋いただく

【行為受益－上為下】表示接受人請求給予人做某行為，且對那一行為帶著感謝的心情。這是以說話人站在接受人的角度來表現。用在給予人身分、地位、年齡都比接受人高的時候。句型是「接受人は（が）給予人に（から）～を動詞ていただく」。這是「～てもらう」的自謙形式。

受益者 給予者 付出行為 行為受益－上為下

例1 花子（はなこ）は先生（せんせい）に推薦状（すいせんじょう）を書（か）いていただきました。

花子請老師寫了推薦函。

準備到師院教書的花子，需要老師的推薦函。所以今天回到學校請教授幫她寫推薦函。

「ていただく」表現了花子得到老師寫推薦信的幫助，並為老師願意花時間和精力為她付出而表示尊重。

文法應用例句

2 我請部長借了資料給我。

私（わたし）は部長（ぶちょう）［部長］に資料（しりょう）［資料］を貸（か）［借出］していただきました。

★「ていただく」表示部長借給說話人資料，並以謙虛的態度表達自己收到對方的恩惠。

3 希望您一定要來。

ぜひ［務必］来（き）［蒞臨］ていただきたいです。

★「ていただきたい」表示希望對方能夠前來，並以謙虛的態度請求對方給予支持。

4 能夠讓貴賓高興，我也同樣感到開心。

お客様（きゃくさま）［賓客］に喜（よろこ）［歡喜］んでいただけると、私（わたし）も嬉（うれ）［開心的］しいです。

★「ていただく」表示希望客人能夠滿意，並以謙虛的態度表達自己對客戶的尊敬和感激之情。

5 經過老師的講解以後，終於比較懂了。

先生（せんせい）に説明（せつめい）［解說］していただいて、やっと少（すこ）し理解（りかい）［理解］できました。

★「ていただく」表示說話人得到了老師給予的解釋，並為老師願意花時間和精力為自己付出而表示感謝和敬意。

grammar **040** Track 083

～てほしい

1. 希望…、想…

類義表現
がほしい …想要…

1 【希望】{動詞て形}＋ほしい。表示説話者希望對方能做某件事情，或是提出要求，如例（１）～（３）。

2 〔否定－ないでほしい〕{動詞否定形}＋でほしい。表示否定，為「希望（對方）不要…」，如例（４）、（５）。

假設條件 ↓　　對方具體行為 ↓　　希望 ↓

例 1 旅行（りょこう）に行（い）くなら、お土産（みやげ）を買（か）って来（き）てほしい。

如果你要去旅行，希望你能買名產回來。

聽說你要出國旅行呀，如果你方便的話，我有點想嚐嚐那邊的名產呢！

「てほしい」表達了對聽話人的期望，希望他能夠完成「買名產回來」這一具體行為。

☞ 文法應用例句

2 希望太太能更溫柔一點。

妻（つま）にもっと優（やさ）しくしてほしい。
〔妻子〕〔溫柔的〕

★「てほしい」表達說話人希望妻子對自己更加溫柔的心願。

3 希望丈夫能多幫忙照顧孩子。

夫（おっと）にもっと子（こ）どもの世話（せわ）をしてほしい。
〔丈夫〕〔看照〕

★「てほしい」表達說話人希望丈夫多照顧孩子的心願。表達希望丈夫承擔責任或義務。

4 我希望你不要生氣。

怒（おこ）らないでほしい。
〔生氣〕

★「でほしい」表達說話人希望對方「不要生氣」的心願。

5 就算畢業了，也希望你不要忘掉我。

卒業（そつぎょう）しても、私（わたし）のことを忘（わす）れないでほしい。
〔畢業〕〔忘記〕

★「でほしい」表達說話人希望對方即使畢業後也「不要忘記自己」的心願。表達希望對方關注或記住自己。

grammar

041 ～ば

Track 084

1. 如果…的話；2. 假如…的話；3. 假如…、如果…就…

類義表現
なら 如果…的話、 要是…的話

接續方法 ▶ {[形容詞・動詞] 假定形；[名詞・形容動詞] 假定形なら} ＋ば

1【一般條件】敘述一般客觀事物的條件關係。如果前項成立，後項就一定會成立，如例（1）、（2）。

2【限制】後接意志或期望等詞，表示後項受到某種條件的限制，如例（3）。

3【條件】後接未實現的事物，表示條件。對特定的人或物，表示對未實現的事物，只要前項成立，後項也當然會成立。前項是焦點，敘述需要的是什麼，後項大多是被期待的事，如例（4）。

4〔諺語〕也用在諺語的表現上，表示一般成立的關係。如例（5）。「よし」為「よい」的古語用法。

客觀條件 → 產生結果

例1 雨が降れば、空気がきれいになる。

下雨的話，空氣就會變得十分清澄。

天氣好悶啊！如果下點雨的話，空氣就會清新一些吧！

「ば」表示「雨が降れば（如果下雨）」這客觀條件成立，「空気がきれいになる（空氣變清淨）」這結果就會成立。強調了雨水對於空氣淨化的作用。

文法應用例句

2 假如你說的是真的，那就糟了！

もしその話が本当ならば、大変だ。

★「ば」表示「その話が本当ならば（如果那是真的）」這客觀條件成立，「大変だ（糟了）」這結果就會成立。強調了這件事的嚴重性。

3 如果時間允許，希望能見一面。

時間が合えば、会いたいです。

★「ば」表示「時間が合えば（如果時間合適）」這限制的條件成立，「会いたい（我想見你）」期望有這樣的結果。強調了時間安排的重要性。

4 便宜的話我就買。

安ければ、買います。

★「ば」表達了在價格適中的情況下（未實現事物），願意購買該商品。強調了價格對購買決策的影響。

5 （俗諺）結果好就一切都好。

（ことわざ）終わりよければ全てよし。

★「ば」表達了在結果好的情況下（未實現事物），過程都無所謂了。強調了結果的重要性。

日文小秘方 9 ▸ 假定形的表現

假定形用來表示條件，意思是「假如…的話，就會…」。假定形的變化如下：

動詞	辭書形	假定形
五段動詞	行(い)く	行(い)けば
	飲(の)む	飲(の)めば
一段動詞	食(た)べる	食(た)べれば
	受(う)ける	受(う)ければ
カ・サ變動詞	来(く)る	来(く)れば
	する	すれば

	辭書形	假定形
形容詞	白(しろ)い	白(しろ)ければ

	辭書形	假定形
形容動詞	綺麗(きれい)だ	綺麗(きれい)なら

	辭書形	假定形
名詞	学生(がくせい)だ	学生(がくせい)なら

假定形的否定形

▸ 動詞：～ない　⇒　～なければ

行(い)かない → 行(い)かなければ

食(た)べない → 食(た)べなければ

しない → しなければ

来(こ)ない → 来(こ)なければ

▸ 形容詞：～くない　⇒　～くなければ

白(しろ)くない → 白(しろ)くなければ

▸ 形容動詞及名詞：～ではない　⇒　～でなければ

綺麗(きれい)ではない → 綺麗(きれい)でなければ

学生(がくせい)ではない → 学生(がくせい)でなければ

grammar **042** Track 085

～たら

1. 要是…、如果要是…了、…了的話；2. …之後、…的時候

類義表現
と 一…就

接續方法 ▸ {[名詞・形容詞・形容動詞・動詞] た形} ＋ら

1 【條件】表示假定條件，當實現前面的情況時，後面的情況就會實現，但前項會不會成立，實際上還不知道，如例（１）～（３）。

2 【契機】表示確定的未來，知道前項（的將來）一定會成立，以其為契機做後項，如例（４）、（５）。

假設條件 ↓　　產生結果 ↓

いい天気(てんき)だったら、富士山(ふじさん)が見(み)えます。

要是天氣好，就可以看到富士山。

天氣好的時候，只要站在這山坡上，就可以看到富士山喔！

「たら」表達了在「良好天氣」的條件下，會產生「富士山的美景是可見」的結果。強調了天氣對於觀賞富士山的影響。

☞ 文法應用例句

2 要是有１億圓的話，我就買一間公寓房子。

1億円(いちおくえん)〔億〕があったら、マンション〔公寓〕を買(か)います〔購買〕。

★「たら」表達了在「有1億圓」的條件下，會產生「買一間公寓」的結果。強調了有無資金對購買房子意願的影響。

3 如果下雨的話，運動會將延後一週舉行。

雨(あめ)が降(ふ)ったら、運動会(うんどうかい)〔運動會〕は1週間(いっしゅうかん)延(の)びます〔延後〕。

★「たら」表達了在「下雨」的條件下，會產生「運動會延後一週」的結果。強調了天氣對於舉辦運動會的影響。

4 到了20歲，就能抽菸了。

20歳(はたち)になったら、煙草(たばこ)〔香菸〕が吸(す)える〔能吸食〕。

★「たら」表達了確定的未來「如果變成20歲」成立下，以其為契機做後項「可以吸煙」。強調了年齡對於合法吸煙的限制。

5 等到功課寫完了，就可以去玩了喔。

宿題(しゅくだい)〔作業〕が終(お)わったら、遊(あそ)び〔玩耍〕に行(い)ってもいいですよ。

★「たら」表達了確定的未來「如果功課寫完」成立下，以其為契機做後項「可以玩耍」。強調了作業的完成對於玩樂時間的限制。

grammar
043
Track 086

～たら～た

原來…、發現…、才知道…

類義表現
たら 要是…的話

接續方法 ▸ {[名詞・形容詞・形容動詞・動詞] た形} ＋ら～た

【確定條件】表示説話者完成前項動作後，有了新發現，或是發生了後項的事情。

完成的既定條件 ↓　　新發現狀況 ↓

例 1 仕事(しごと)が終(お)わったら、もう9時(くじ)だった。

工作做完，已經是9點了。

☞ 文法應用例句

2 早上起床時，發現正在下雪。

朝(あさ)起(お)きたら、雪(ゆき)が降(ふ)っていた。

（早上：朝／雪：雪）

★強調的是起床「朝起きたら」這個動作之後，意外地發現雪在下「雪が降っていた」已經存在的狀況。

3 泡進浴缸後才知道水不熱。

お風呂(ふろ)に入(はい)ったら、ぬるかった。

（浴缸：お風呂／(當時) 溫的：ぬるかった）

★重點在於進入浴室「お風呂に入ったら」這個動作後，出乎意料地發現水溫不符合預期「ぬるかった」。

4 回到家一看，太太昏倒了。

家(いえ)に帰(かえ)ったら、妻(つま)が倒(たお)れていた。

（妻子：妻／倒地：倒れていた）

★強調的是在回家「家に帰ったら」這個動作後，意外地發現妻子倒在地上「妻が倒れていた」的情況。

5 那時一打開電視，正在播放新聞快報。

テレビをつけたら、臨時(りんじ)ニュースをやっていた。

（打開：つけたら／臨時：臨時／電視新聞：ニュース）

★強調的是打開電視「テレビをつけたら」這個動作後，意外地發現「正在播放臨時新聞」的情況。

grammar

044

Track 087

～なら

1. 如果…就…；2.…的話

類義表現
たら 要是…、如果要是…了、…了的話

接續方法 ▸ {名詞；形容動詞詞幹；[動詞・形容詞] 辭書形} ＋なら

1【條件】表示接受了對方所說的事情、狀態、情況後，說話人提出了意見、勸告、意志、請求等，如例（1）～（3）。

2【先舉例再說明】可用於舉出一個事物列為話題，再進行說明，如例（4）。

3〖假定條件－のなら〗以對方發話內容為前提進行發言時，常會在「なら」的前面加「の」，「の」的口語說法為「ん」，為「要是…的話」，如例（5）。

前提條件 ↓　說話人建議 ↓

例 1 悪(わる)かったと思(おも)うなら、謝(あやま)りなさい。

假如覺得自己做錯了，那就道歉！

文法應用例句

2 假如我是你的話，一定會那樣做的！

私(わたし)があなたなら、きっと(一定)そう(那樣)する。

★「なら」表達在滿足某個條件（自己是對方）的情況下，就會執行某個行動，語含建議。

3 如果真有那麼好吃，下次也請帶我去那家店。

そんなにおいしいなら、私(わたし)も今度(こんど)(下次)その店(みせ)に連(つ)れていって(帶，領)ください。

★「なら」表達在滿足某個條件（真的很美味）的情況下，說話人提出了一個請求（帶自己去）。

4 棒球的話，那一隊最強了。

野球(やきゅう)(棒球)なら、あのチーム(隊伍)が一番(いちばん)強(つよ)い(強大的)。

★「なら」用來舉例說明在特定範疇（這裡是棒球），說話人的觀點（那一隊最強）。

5 要是真的那麼痛，為什麼拖到現在才說呢？

そんなに痛(いた)い(疼痛的)んなら、なんで(為什麼)今(いま)まで言(い)わなかったの。

★口語的「んなら」強調假設對方所描述的（痛苦真實存在）為前提，說話人質疑對方為何之前沒有提及。

grammar
045
Track 088

～と

1. 一…就；2. 一…竟…

類義表現
ば
一…就

1【條件】{[名詞・形容詞・形容動詞・動詞]普通形（只能用在現在形及否定形）}＋と。表示陳述人和事物的一般條件關係，常用在機械的使用方法、說明路線、自然的現象及反覆的習慣等情況，此時不能使用表示說話人的意志、請求、命令、許可等語句，如例（1）～（4）。

2【契機】表示指引道路。也就是以前項的事情為契機，發生了後項的事情，如例（5）。

成立條件 ↓　　滿足前面條件的結果 ↓

このボタンを押(お)すと、切符(きっぷ)が出(で)てきます。

一按這個按鈕，票就出來了。

外國人不懂怎麼買車票，於是問我怎麼操作，首先放入錢，選到站金額、人數，確認後按這個按鈕票就出來囉！

「と」表達了自然條件，即當滿足「ボタンを押す（按下按鈕）」的條件時，票自然會出來。

☞ 文法應用例句

2 一回到家，就發現電燈是開著的。

家(いえ)に帰(かえ)ると、電気(でんき)がついていました。
（電気：電燈；つい：點(燈)）

★「と」表達了與說話人的意志無關，即當滿足「家に帰る（回到家）」的條件時，發現電燈已經亮著的狀況。

3 積雪融化以後就是春天到臨。

雪(ゆき)が溶(と)けると、春(はる)になる。
（溶ける：融化；春：春天）

★「と」表達了自然條件，即當滿足「雪が溶ける（積雪融化）」的條件時，春天自然就會到來了。

4 每回來到台灣，總會去逛夜市。

台湾(タイワン)に来(く)ると、いつも夜市(よいち)に行(い)きます。
（いつも：總是；夜市：夜市）

★「と」表達了反覆的習慣，即當滿足「台湾に来る（來到台灣）」的條件時，總是習慣性地去夜市的行為。

5 一過了轉角，馬上就可以看到她家了。

角(かど)を曲(ま)がると、すぐ彼女(かのじょ)の家(いえ)が見(み)えた。
（角：轉角；曲がる：轉彎；すぐ：馬上）

★指引道路時，「と」表達了後項的契機，即當滿足「角を曲がる（過了轉角）」的條件時，就立即看到她家的狀況。

grammar

046

Track 089

～まま

…著

類義表現
ず（に） 不…地、沒…地

接續方法 ▸ {名詞の；形容詞辭書形；形容動詞詞幹な；動詞た形}＋まま

【附帶狀況】表示附帶狀況，指一個動作或作用的結果，在這個狀態還持續時，進行了後項的動作，或發生後項的事態。「そのまま」表示就這樣，不要做任何改變。

保持的狀態 ↓　　請求動作 ↓

靴(くつ)を履(は)いたままで入(はい)らないでください。

請不要穿著鞋子進來。

在名古屋城本丸御殿參觀時，被工作人員提醒說入內是禁止穿鞋的喔！

「まま」表示前面在「靴を履いたまま（附帶穿著鞋子的狀態）」下，要求對方不要進行後項動作「入らないでください（請不要進入）」。

☞ 文法應用例句

2 在日本，通常都是生吃蕃茄。

日本(にほん)では、トマト[番茄]は生(なま)[不熟]のまま食(た)べることが多(おお)[多的]いです。

★「まま」強調番茄保持原本沒有經過加熱或烹調的狀態「生のまま」下，來食用「食べる」。

3 我喜歡喝冰的日本清酒。

日本酒(にほんしゅ)は冷(つめ)たい[冰涼的]ままで飲(の)む[喝]のが好(す)きだ。

★「まま」表示說話人喜歡日本酒在保持冰涼的狀態「冷たいまま」下，飲用「飲む」。

4 我買了新車。因為想讓車子永遠保持閃亮亮的，所以不開出去。

新車(しんしゃ)[新車]を買(か)った。きれいな[乾淨的]ままにしておきたいから、乗(の)[乘坐]らない。

★「まま」表示想讓新車維持原本乾淨清潔的狀態「きれいなまま」，所以進行後項動作「乗らない（不開出去）」。

5 剩下的由我做就行，你擺著就好。

あと[其餘]は僕(ぼく)がやる[做]から、そのままでいいよ。

★「まま」表示讓事物保持目前的狀態「そのまま」，說話人要求對方不要進行改變。

grammar
047
Track 090

～おわる

結束、完了、…完

類義表現
だす …起來、開始…

接續方法 ▸ {動詞ます形}＋おわる

【終點】接在動詞ます形後面，表示事情全部做完了，或動作、作用結束了。動詞主要使用他動詞。

談論事物　狀態已達成　動作　已經完成

日記（にっき）は、もう書（か）き終（お）わった。

日記已經寫好了。

太郎今天跟表弟去奶奶家抓蟬，兩人玩得不亦樂乎！回家後便把今天的趣事寫在日記上，還畫了可愛的圖。

「書く＋終わる→書き終わった」是指寫日記這個動作已經完成。

☞ 文法應用例句

2 今天總算寫完了報告。

今日（きょう）やっとレポート（報告）を書（か）き終（お）わりました（撰寫）。

★「おわる」強調寫報告這個動作已經完成。

3 神田先生一發表完意見，就立刻在座位上坐了下來。

神田（かんだ）さんは、意見（いけん）（意見）を言（い）い終（お）わると、席（せき）（座位）に座（すわ）りました（坐下了）。

★「おわる」重點在於在說完意見這個動作結束後，神田先生的下一個動作是坐回座位。

4 運動完畢後，請將道具收拾好。

運動（うんどう）し（運動）終（お）わったら、道具（どうぐ）（器具）を片付（かたづ）けて（收拾）ください。

★「おわる」強調的是在運動這個動作結束後，需要做的事情是收拾器材。

5 如果吃完了，要說「我吃飽了／謝謝招待」。

食（た）べ（食用）終（お）わったら、「ごちそうさまでした」と言（い）い（說）なさい。

★「おわる」強調的是在吃飯這個動作結束後，需要表達感謝的禮節。

Practice・3

［第三回必勝問題］

問題一　**（　）の　ところに　何を　入れますか。1・2・3・4から　いちばん　いい　ものを　一つ　えらびなさい。**

1　会議は　始まった（　　）、山田さんは　来ない。

1 から　　2 ので　　3 のに　　4 て

2　鈴木さんは　熱が　ある（　　）、会社に　来ました。

1 から　　2 ので　　3 のに　　4 て

3　姉は　毎朝　庭の　花（　　）水を　やります。

1 し　　2 で　　3 に　　4 が

4　この　道（　　）まっすぐ　行くと、左側に　学校が　あります。

1 で　　2 へ　　3 から　　4 を

5　山田さんは、ストーブを　つけた（　　）出かけて　しまいました。

1 あいだ　　2 だけ　　3 ながら　　4 まま

6　この　橋を　つくるの（　　）、10年　かかりました。

1 か　　2 に　　3 を　　4 で

7　わたしは　弟（　　）自転車を　買って　やりました。

1 が　　2 で　　3 を　　4 に

8　先生が　私に　ペン（　　）くださいました。

1 を　　2 へ　　3 に　　4 で

9　親（　　）子どもに　お金が　わたされました。

1 が　　2 に　　3 から　　4 を

10　今年から　一人暮らしを　始めること（　　）した。

1 ば　　2 が　　3 に　　4 へ

問題二 （　　）の　ところに　何を　入れますか。1・2・3・4から　いちばん　いい　ものを　一つ　えらびなさい。

1 来週、京都に　（　　）つもりです。

1 行こう　　2 行って　　3 行きます　　4 行く

2 ご飯を　（　　）とき、友だちが　訪ねて　きました。

1 食べるとした　　2 食べますとした

3 食べようとした　　4 食べたとした

3 明日までに　レポートを　（　　）いけません。

1 書いては　　2 書くことが　　3 書かなくては　　4 書かれては

4 ここで　たばこを　吸う（　　）が　できますか。

1 こと　　2 かた　　3 もの　　4 とき

5 テストで　80 点　以上を　（　　）と、合格できません。

1 とる　　2 とられる　　3 とります　　4 とらない

6 ここで　写真を　（　　）いけないと　警官が　言いました。

1 とるは　　2 とるには　　3 とるなら　　4 とっては

7 突然、雨が　（　　）始めました。

1 ふった　　2 ふる　　3 ふって　　4 ふり

8 棚が　（　　）すぎて、手が　届きません。

1 たかい　　2 たかく　　3 たか　　4 たかくて

9 テスト前なので、今日は　朝から　晩まで　（　　）つづけた。

1 勉強する　　2 勉強した　　3 勉強し　　4 勉強して

10 雨が　（　　）たら、試合は　中止です。

1 ふる　　2 ふっ　　3 ふった　　4 ふり

11 この　スイッチを　（　　）と　電源(でんげん)が　入(はい)ります。

1 おした　　2 おし　　3 おして　　4 おす

12 時計(とけい)を　（　　）なら、日本(にほん)の　ものが　いいですよ。

1 かった　　2 かって　　3 かう　　4 かい

問題三

（　　）の　ところに　何を　入れますか。1・2・3・4から　いちばん　いい　ものを　一つ　えらびなさい。

1 健康(けんこう)の　ために、たばこは　あまり　（　　）。

1 吸(す)う　ほうが　いい　　2 吸いましょう

3 吸わない　ほうが　いい　　4 吸わないでしょう

2 お酒(さけ)は　あまり（　　）。

1 飲(の)みます　　2 飲めます　　3 飲めません　　4 飲みました

3 田中(たなか)さんは　英語(えいご)が　（　　）か。

1 ことが　できます　　2 できます

3 ものが　できます　　4 ときが　あります

4 明日(あした)の　会議(かいぎ)に　出(で)る（　　）か。

1 ものが　できます　　2 ことが　できます

3 ように　なります　　4 ときが　あります

5 姉(あね)は　日本語(にほんご)が　（　　）。

1 話(はな)します　　2 話せます

3 話しました　　4 話すそうです

6 すみませんが、ここでは　写真(しゃしん)を　とる（　　）。

1 ことが　あります　　2 ことが　できません

3 ものが　あります　　4 ものが　できません

7 先生(せんせい)から　（　　）ペンを　大切(たいせつ)に　して　います。

1 くれた　　2 いただいた　　3 あげた　　4 さしあげた

8 ここに　お名前(なまえ)を　お書(か)き（　　）。

1 さしあげます　2 もらいます　3 ください　4 くれます

9 李(リ)さんは　友(とも)だちから　アルバムを　（　　）。

1 あげました　2 もらいました

3 くれました　4 くださいました

10 山田(やまだ)さんは　私(わたし)に　町(まち)の　案内(あんない)を　して　（　　）。

1 くれた　2 やった　3 あげた　4 さしあげた

11 これ　以上(いじょう)　もう　（　　）。聞(き)きたく　ない。

1 言(い)って　2 言おう　3 言うな　4 言った

12 部屋(へや)が　静(しず)か（　　）、勉強(べんきょう)に　集中(しゅうちゅう)できない。

1 になるだから　2 になるとも

3 にならないと　4 になりますが

13 用事(ようじ)が　（　　）参加(さんか)する　つもりです。

1 なるらしい　2 ないと　3 ないまま　4 なければ

14 もし　雨(あめ)が　（　　）、体育(たいいく)の　授業(じゅぎょう)は　体育館(たいいくかん)で　行(おこな)います。

1 降(ふ)っても　2 降って　3 降ったけれど　4 降ったら

15 秋(あき)に　なると　木(こ)の葉(は)の　色(いろ)が　赤(あか)や　黄色(きいろ)に　（　　）。

1 あります　2 なります　3 います　4 おります

16 夏休(なつやす)みに　なったら　どこに　（　　）。

1 行(い)きました　2 行きますか

3 行きましたか　4 行きませんか

17 もし　あの　時(とき)　（　　）試験(しけん)に　合格(ごうかく)できなかっただろう。

1 がんばったら　2 がんばらなかったら

3 がんばるから　4 がんばったから

18 母(はは)は　私(わたし)に　洋服(ようふく)を（　　）。

1 あげました　　2 もらいました

3 くれました　　4 いらっしゃいました

19 みんなは　山田君(やまだくん)に　プレゼントを（　　）。

1 さしあげました　　2 あげました

3 いただきました　　4 おられました

20 ちょっと　ノートを　貸(か)して（　　）。

1 あげませんか　　2 くれませんか

3 もらいませんか　　4 おられませんか

21 試験(しけん)に　遅(おく)れた　人(ひと)は　中(なか)に（　　）。

1 入(はい)った　ほうが　いい　　2 入っては　いけません

3 入りません　　4 入らない　ようです

22 この　図書館(としょかん)の　ＣＤ(シーディー)は（　　）。

1 貸(か)せます　　2 借(か)りさせます

3 借ります　　4 借りられます

MEMO

4 句型 (2)

»» 內容

grammar **001** Track 091

～ても、でも

即使…也

類義表現
のに
明明…、卻…、但是…

接續方法 ▸ {形容詞く形}＋ても；{動詞て形}＋も；{名詞；形容動詞詞幹}＋でも

1 **【假定逆接】** 表示後項的成立，不受前項的約束，是一種假定逆接表現，後項常用各種意志表現的說法，如例（1）～（3）。

2 **〖常接副詞〗** 表示假定的事情時，常跟「たとえ（比如）、どんなに（無論如何）、もし（假如）、万が一（萬一）」等副詞一起使用，如例（4）、（5）。

即使情況存在 ↓　　不影響主體行動 ↓

例1 **社会(しゃかい)が厳(きび)しくても、私(わたし)は頑張(がんば)ります。**

即使社會嚴苛我也會努力。

現在景氣這麼差，各行各業又很競爭，但就是在這樣的時代，才可以磨練出我的潛力，我一定要加油！

「ても」表示即使社會環境很嚴苛的情況存在，也不會影響主體（我）用信心和決心（努力）去面對。

文法應用例句

2 **即使是小孩子，應該也懂得不可以動手打人這種簡單的道理才對。**

子(こ)どもでも、暴力(ぼうりょく)(暴力)はいけないことくらい分(わ)かる(懂得)はずだ。

★「でも」強調即使在孩子這種情況下，也應該能理解暴力的錯誤。

3 **哪怕是下雨還是下長槍，我都一定會去！**

雨(あめ)が降(ふ)ってもやり(長槍)が降(ふ)っても、必(かなら)ず(一定)行(い)く。

★「ても」重點在於無論發生什麼嚴峻情況，都不會影響主體前往的決心。

4 **即使失敗也不後悔。**

たとえ(即使)失敗(しっぱい)しても後悔(こうかい)(後悔)はしません。

★「ても」強調即使在失敗這種情況下，主體也不會感到後悔。

5 **無論父親如何反對，我還是要和他結婚。**

どんなに父(ちち)(爸爸)が反対(はんたい)(反對)しても、彼(かれ)と結婚(けっこん)(結婚)します。

★「ても」強調即使在父親強烈反對的情況下，主體（我）仍然決定要和對方結婚。

grammar
002
Track 092

疑問詞＋ても、でも

1. 不管（誰、什麼、哪兒）…；2. 無論…

類義表現
疑問詞＋も＋否定
…也（不）…

接續方法 ▸ {疑問詞}＋{形容詞く形}＋ても；{疑問詞}＋{動詞て形}＋も；{疑問詞}＋{名詞；形容動詞詞幹}＋でも

1【不論】 前面接疑問詞，表示不論什麼場合、什麼條件，都要進行後項，或是都會產生後項的結果，如例（1）～（3）。

2【全部都是】 表示全面肯定或否定，也就是沒有例外，全部都是，如例（4）、（5）。

無論情況如何 ↓　　後項仍將堅持 ↓

どんなに怖（こわ）くても、ぜったい泣（な）かない。

再怎麼害怕也絕不哭。

每次晚上走這條暗巷，就叫人害怕。但是哭了的話，就會引起歹徒的邪念！所以不能哭！唱首歌來壯膽好了！

「ても」表示不管疑問詞「どんなに（多麼）」所表達的「怖い（恐怖）」程度有多高，後面的動作「ぜったい泣かない（絕對不哭）」仍然會被堅持執行。

☞ 文法應用例句

2 我不管再怎麼忙，一定要做運動。

（無論）多麼　一定

いくら忙（いそが）しくても、必（かなら）ず運動（うんどう）します。

★「ても」強調的是即使在非常忙碌「いくら忙しい」的情況下，也堅持運動。

3 不管活到幾歲，我都會不斷地學習。

幾歲　持續

いくつになっても、勉強（べんきょう）し続（つづ）けます。

★「ても」重點在於無論年齡增長到多少「いくつになる」，都會保持學習的態度。

4 如果是下星期三，任何時段都OK。

星期三　何時

来週（らいしゅう）の水曜日（すいようび）なら何時（いつ）でもOK（オーケー）です。

★「何時＋でも」強調的是在下週三「来週の水曜日」這個特定情況下，時間上沒有特別限制，都可以安排。

5 只要是日本人，任何人都知道這個人是誰。

誰　知道

日本人（にほんじん）なら誰（だれ）でも、この人（ひと）が誰（だれ）か知（し）っている。

★「誰＋でも」強調的是對於日本人來說，無論誰，都對這個人有所了解。

grammar
003
Track 093

～だろう

…吧

類義表現
（だろう）とおもう
（我）想…、（我）認為…

接續方法 ▸ {名詞；形容動詞詞幹；[形容詞・動詞] 普通形} ＋だろう

1 【推斷】使用降調，表示說話人對未來或不確定事物的推測，且說話人對自己的推測有相當大的把握，如例（1）、（2）。

2 〔常接副詞〕常跟副詞「たぶん（大概）、きっと（一定）」等一起使用，如例（3）、（4）。

3 〔女性－でしょう〕口語時女性多用「でしょう」，如例（5）。

行動主體 ↓　一定程度 ↓　正進行動作 ↓　據情況推測 ↓

みんなもうずいぶんお酒（さけ）を飲（の）んでいるだろう。

大家都已經喝了不少酒吧？

今天是公司尾牙，大家都開心的一杯接一杯，這樣看下來，大家應該喝不少了吧？

「だろう」表示說話人可能看到大家喝酒後，放鬆、聲音大、表情豁達、舞蹈歌唱。而主觀推測「大家都已經喝了不少酒吧」。

☞ 文法應用例句

2 **除了他以外，大家都會來吧！**

彼以外（かれいがい）は、みんな来（く）るだろう。
（以外／大家）

★「だろう」表達說話人對活動有一定的了解等，而對除了他之外的人都會來的主觀推測或判斷。

3 **比賽一定很有趣吧！**

試合（しあい）はきっと面白（おもしろ）いだろう。
（比賽／有趣的）

★「だろう」表達說話人可能對參賽者實力的瞭解等，對比賽的有趣程度的主觀猜想。

4 **我猜，現在找他說話大概會打擾到他吧。**

たぶん、今話（いまはな）しかけると邪魔（じゃま）だろう。
（搭話／干擾的）

★「だろう」表達說話人可能觀察當前的情況、氛圍等，對現在去打擾他，會有些不合適的主觀預期或判斷。

5 **明天應該是晴空萬里吧。**

明日（あした）は青空（あおぞら）が広（ひろ）がるでしょう。
（藍天／蔓延）

★女性多用「でしょう」表達說話人可能根據氣象報告或雲層、感受溫度等因素，對明天會是晴朗天空的主觀預期或判斷。

～(だろう)とおもう

(我)想…、(我)認為…

類義表現
とおもう
覺得…、認為…、我想…

接續方法 ▸ {[名詞・形容詞・形容動詞・動詞]普通形}＋(だろう)とおまう

【推斷】意思幾乎跟「だろう(…吧)」相同，不同的是「とおまう」比「だろう」更清楚地講出推測的內容，只不過是說話人主觀的判斷，或個人的見解。而「だろうとおもう」由於說法比較婉轉，所以讓人感到比較鄭重。

話題主體 狀態 推斷

彼(かれ)は独身(どくしん)だろうと思(おも)います。

我猜想他是單身。

文法應用例句

2 我一直在想，假如自己生為男兒身，不知道該有多好。

男(おとこ)［男生］に生(う)まれ［出生］ていたらどんなに良(よ)かった［(當時)太好了］だろうと思(おも)っている。

★「だろうと思う」表示說話人基於自身的想法，例如社會地位和權力等，感嘆如果自己出生為男性就「良かった(太好了)」。

3 我原本認為從他的態度來看，他應該討厭我吧。

その様子(ようす)［神情］から、彼(かれ)は私(わたし)のことが嫌(きら)い［厭惡的］なんだろうと思(おも)った。

★「だろうと思う」表示說話人看到對方對自己的態度並不友好，推斷他討厭自己。

4 今晚會有颱風吧！

今晩(こんばん)［今晚］、台風(たいふう)［颱風］が来(く)るだろうと思(おも)います［認為］。

★「だろうと思う」表示說話人根據氣象預報、風勢和天氣變化等因素，推斷「今晩、台風が来るだ(今晚可會有颱風)」。

5 我想山上應該可以看到很多星星吧！

山(やま)の上(うえ)［山岳］では、星(ほし)［星星］がたくさん見(み)える［繁多的］だろうと思(おも)います。

★「だろうと思う」說話人基於對山區環境和星空知識的了解，認為在山上觀察星空時，由於光害較少，推斷「可以看到更多的星星」。

grammar
005 ～とおもう

Track 095

覺得…、認為…、我想…、我記得…

類義表現
とおもっている 表一直抱持的想法、感受

接續方法 ▸ {[名詞・形容詞・形容動詞・動詞]普通形}＋とおもう

【推斷】 表示說話者有這樣的想法、感受及意見，是自己依照情況而做出的預測、推想。「とおもう」只能用在第一人稱。前面接名詞或形容動詞時要加上「だ」。

談論的主題 ↓ 評價 ↓ 個人觀點 ↓

例 1 お金(かね)を好(す)きなのは悪(わる)くないと思(おも)います。

我認為愛錢並沒有什麼不對。

雖然大家都說不要總是向「錢」看齊，但凡事都要錢，而且有錢世界才會更寬廣的啊！

「と思う」表示說話者對喜歡金錢這件事的主觀想法，「愛錢並沒有什麼不對」。

☞ 文法應用例句

2 我覺得吉村老師的課很有趣。

吉村先生(よしむらせんせい)の授業(じゅぎょう)〔授課〕は、面白(おもしろ)い〔有趣的〕と思(おも)います。

★「と思う」表示說話人可能因為吉村老師的課程設計、授課方式、教學技巧等因素，讓說話人主觀認為「這門課程很有趣」。

3 我覺得自己沒有能力成為日語口譯員。

自分(じぶん)には日本語(にほんご)の通訳(つうやく)〔口譯〕になるのは無理(むり)〔做不到的〕だと思(おも)う。

★「と思う」表示可能是因為對自己的語言技能缺乏自信，而有「自己沒有能力」的主觀想法。

4 我原本以為自己無論如何都不可能遇上交通事故。

自分(じぶん)だけは交通事故(こうつうじこ)〔車禍〕を起(お)こし〔引起了〕たりしないと思(おも)っていた。

★「と思う」表示說話人可能對自己的駕駛經驗有所信任，而有「自己不會發生交通事故」的主觀想法。

5 我覺得吉田小姐看起來很年輕。

吉田(よしだ)さんは若(わか)く〔年輕的〕見(み)える〔看起來〕と思(おも)います。

★「と思う」表示說話人可能是因為吉田小姐的穿著、妝容、氣質等因素，讓說話人對她抱有「看起來很年輕」的主觀看法。

grammar 006 Track 096

～といい

要是…該多好

類義表現
てもいい …也行、可以…

接續方法 ▶ {[名詞・形容詞辭書形]だ；[形容詞・動詞]辭書形} ＋といい

1【願望】表示説話人希望成為那樣之意。句尾出現「けど、のに、が」時，含有這願望或許難以實現等不安的心情，如例（１）～（５）。

2〖近似たらいい等〗意思近似於「～たらいい（要是…就好了）、～ばいい（要是…就好了）」。

主語 ↓　主語的信息 ↓　願望 ↓　難實現心情 ↓

例1 女房(にょうぼう)はもっとやさしいといいんだけど。

我老婆要是能再溫柔一點就好了。

我每次只要在外面跟朋友喝酒回家老婆就沒有好臉色看，啊～真希望老婆能再溫柔一點！

用「～といい」表示先生希望他的「妻子更加關心他、更加體貼他的感受」。語含難以實現的憂慮。

☞ 文法應用例句

2 真希望我先生的薪水能多一些呀！

夫(おっと)の給料(きゅうりょう)［薪水］がもっと多(おお)い［多的］といいのに。

★用「～といい」表示希望丈夫的收入能夠增加，使生活更加舒適。語含難以實現的憂慮。

3 假如他能再認真一點，不知道該有多好。

彼(かれ)はもう少(すこ)し［再稍微地］真面目(まじめ)［認真的］だといいんだが。

★用「～といい」表示説話人希望他「再認真一點、負責一點」。語含難以實現的憂慮。

4 星期天天氣要能晴朗就好啦！

日曜日(にちようび)［星期天］、いい天気(てんき)［天氣］だといいですね。

★用「～といい」表示説話人希望星期天的「天氣能晴朗、出太陽」，使活動更加愉快。語含難以實現的擔憂。

5 唉，要是這次能通過日檢N4測驗就好了。

ああ、今度(こんど)の試験(しけん)［測驗］でＮ４(エヌよん)に合格(ごうかく)［合格］するといいなあ。

★用「～といい」表示説話人的期望「自己能通過 N4 日檢考試」，達到自己的目標。語含難以實現的擔心。

grammar 007 Track 097

～かもしれない

也許…、可能…

類義表現
はずだ （按理說）應該…；怪不得…

接續方法 ▸ {名詞；形容動詞詞幹；[形容詞・動詞] 普通形}＋かもしれない

【推斷】表示說話人說話當時的一種不確切的推測。推測某事物的正確性雖低，但是有可能的。肯定跟否定都可以用。跟「～かもしれない」相比，「～と思います」、「～だろう」的說話者，對自己推測都有較大的把握。其順序是：と思います＞だろう＞かもしれない。

主體（風）　狀態（強い）　被推測對象（台風）　不確定推測（かもしれません）

例1　風（かぜ）が強（つよ）いですね、台風（たいふう）かもしれませんね。

風真大，也許是颱風吧！

好強的風喔！最近風雨好像都挺大的！所以也許是因為颱風吧！

「かもしれない」表示說話人推測風勢急且大，可能是因為有颱風，但並不是百分之百確定。

文法應用例句

2　在這種時段致電，說不定會打擾到對方。

こんな時間（じかん）に電話（でんわ）（打電話）するのは、迷惑（めいわく）（打擾）かもしれない。

★「かもしれない」表示說話人可能因為在晚上或夜晚打電話等，會對對方造成困擾的推測。

3　我先生說不定已經嫌棄我了。

夫（おっと）（丈夫）は、私（わたし）のことが嫌（きら）い（厭惡的）なのかもしれません。

★「かもしれない」表示說話人可能是對於丈夫的行為或言語，表達出的負面情緒或情感的觀察，推測「丈夫可能不喜歡我」。

4　假如那時立刻動手術，說不定就不會死了。

すぐ手術（しゅじゅつ）（動手術）していたら、死（し）なずに済（す）ん（終了）だかもしれなかった。

★「かもしれない」表示說話人推測死亡的原因，可能是沒有及時進行手術，但非百分百確定。

5　或許會中1億圓。

もしかしたら、1億円（いちおくえん）（億）当（あ）たる（命中）かもしれない。

★「かもしれない」表達了對中1億圓的機率的猜測，暗示著說話人並不確定中獎的可能性有多大。反映了一種希望或憧憬。

grammar
008
Track 098

～はずだ

1.（按理說）應該…；2. 怪不得…

類義表現
わけだ 因為…

接續方法 ▸ {名詞の；形容動詞詞幹な；[形容詞・動詞] 普通形} ＋はずだ

1 **【推斷】** 表示說話人根據事實、理論或自己擁有的知識來推測出結果，是主觀色彩強，較有把握的推斷，如例（１）～（３）。

2 **【理解】** 表示說話人對原本不可理解的事物，在得知其充分的理由後，而感到信服，如例（４）、（５）。

狀態主體 ↓　理由 ↓　主體動作 ↓　推斷 ↓

高橋(たかはし)さんは必(かなら)ず来(く)ると言(い)っていたから、来(く)るはずだ。

高橋先生說他會來，就應該會來。

跟高橋先生約１點，現在都１點半了，怎麼還沒來呢？櫻子說，他一定會來的啦！

根據高橋先生之前「必ず来る（一定會來）」的事實承諾，說話人相信他會履行承諾「来るはずだ（應該會來的）」。

文法應用例句

2 星期五的３點嗎？應該沒問題。

金曜日(きんようび)【星期五】の3時(さんじ)ですか。大丈夫(だいじょうぶ)【沒問題的】なはずです。

★根據說話人的行程安排，對星期五的3點能夠如期進行某事的預測，認為時間上「大丈夫なはずです（應該沒問題）」。

3 因為阿里先生是伊斯蘭教徒，所以應該不吃豬肉。

アリさんはイスラム【伊斯蘭】教徒(きょうと)だから、豚肉(ぶたにく)【豬肉】は食(た)べないはずだ。

★說話人基於對阿里先生是伊斯蘭教徒的瞭解和相關知識，推論他「豚肉は食べないはずだ（應該不吃豬肉）」。

4 他是律師啊。怪不得很懂法律。

彼(かれ)は弁護士(べんごし)【律師】だったのか。道理(どうり)【情理】で法律(ほうりつ)【法律】に詳(くわ)【精通的】しいはずだ。

★「はずだ」表示說話人一開始對對方對法律的熟悉感到疑惑。後來，得知對方原來是一位律師，這是一個充分的理由，而理解了。

5 原來今天是星期一啊！難怪美術館沒有開放。

今日(きょう)は月曜日(げつようび)だったのか。美術館(びじゅつかん)【美術館】が休(やす)【休假】みのはずだ。

★「はずだ」表示說話人原本很奇怪為什麼美術館沒有開放，但在得知「今天是星期一」這一充分的理由後，就理解了。

grammar 009 Track 099

～はずがない

不可能…、不會…、沒有…的道理

類義表現
に違いない
一定…

接續方法 ▸ {名詞の；形容動詞詞幹な；[形容詞・動詞] 普通形} ＋はずが(は)ない

1【推斷】表示說話人根據事實、理論或自己擁有的知識，來推論某一事物不可能實現。是主觀色彩強，較有把握的推斷，如例（１）～（４）。

2〘口語－はずない〙用「はずない」，是較口語的用法，如例（５）。

主語　主語動作　否定推測

例1 人形（にんぎょう）の髪（かみ）が伸（の）びるはずがない。

娃娃的頭髮不可能變長。

☞ 文法應用例句

2 我家的孩子絕不可能不聰明！

うちの子（こ）が、頭（あたま）〔頭腦〕が悪（わる）〔愚鈍的〕いはずがない。

★「はずがない」表示說話人根據自己的孩子平時表現聰明，或自身都很優秀等情況主觀推斷，堅信自己的孩子智力是正常的。

3 去那種地方絕不可能安全的！

そんなところ〔地方〕に行（い）って安全（あんぜん）〔安全的〕なはずがなかった。

★「はずがない」說話人可能根據該地區的治安狀況、交通情況、天氣狀況等因素進行判斷，認為對方前往該地點是不安全的。

4 從這裡不可能看得見東京鐵塔。

ここから東京（とうきょう）タワー〔東京鐵塔〕が見（み）〔看得見〕えるはずがない。

★「はずがない」表示說話人可能根據高樓大廈、山丘、樹木等遮擋因素推斷，認為從這個位置不可能看到東京鐵塔。

5 花子不可能不知道。

花子（はなこ）が知（し）〔知道〕らないはずない。

★「はずがない」表示說話人可能根據與花子的交往經驗，或了解她所在的環境、背景等情況，推斷出花子應該知道這件事情。

grammar
010
Track 100

～ようだ

1. 像…一樣的、如…似的；2. 好像…

類義表現
みたいだ
好像…

1【比喻】{名詞の；動詞辭書形；動詞た形}＋ようだ。把事物的狀態、形狀、性質及動作狀態，比喻成一個不同的其他事物，如例（1）～（3）。

2【推斷】{名詞の；形容動詞詞幹な；[形容詞・動詞]普通形}＋ようだ。用在説話人從各種情況，來推測人或事物是後項的情況，通常是說話人主觀、根據不足的推測，如例（4）、（5）。

3〔活用同形容動詞〕「ようだ」的活用跟形容動詞一樣。

同性質比喻 ↓　比喻 ↓　狀態 ↓

例1 まるで盆（ぼん）と正月（しょうがつ）が一緒（いっしょ）に来（き）たような騒（さわ）ぎでした。

簡直像中元和過年兜在一起過一樣，大夥盡情地喧鬧。

啊呀！怎麼這麼熱鬧！原來是有好事發生，而且還是雙喜臨門，難怪大家這麼高興在慶祝。

「よう」是用比喻來說明兩事物具有相似性，這裡是用來形容某個場合非常喧鬧和充滿歡樂氣氛，就好像盆節和正月節同時來臨一般。

☞ 文法應用例句

2 從這裡看下去，房子和車子都好像玩具一樣。

ここから見（み）〔觀看〕ると、家（いえ）〔房子〕も車（くるま）もおもちゃ〔玩具〕のようです。

★「ようだ」從這個角度來看，房子和汽車就好像玩具一般的小，用「ようだ」比喻從遠處看房子、汽車的大小和玩具有相似性視覺效果。

3 白雪公主的肌膚像雪一樣白皙，非常美麗。

白雪姫（しらゆきひめ）は、肌（はだ）〔肌膚〕が雪（ゆき）のように白（しろ）〔白皙的〕く、美（うつく）しかった。

★白雪公主的皮膚像雪一樣白皙透亮，用「ように」來比喻她美麗的肌膚和雪的純潔之間的相似之處。

4 要成為公務員好像很難。

公務員（こうむいん）〔公務員〕になるのは、難（むずか）しい〔困難的〕ようです。

★「ようだ」表從個人的觀察來看，由於公務員考試的嚴格性和招聘流程的複雜性，成為公務員看起來是一件困難的事情。

5 後藤先生早前好像很喜歡吃肉。

後藤（ごとう）さんは、お肉（にく）〔肉類〕がお好（す）き〔喜歡的〕なようだった。

★「ようだった」從觀察後藤先生的體態和交談中，說話人主觀推斷他似乎喜歡吃肉。

grammar 011 Track 101

～そうだ

聽說…、據說…

類義表現
ということだ …就是…

接續方法 ▶ {[名詞・形容詞・形容動詞・動詞]普通形}＋そうだ

1【傳聞】表示傳聞。表示不是自己直接獲得的，而是從別人那裡、報章雜誌或信上等處得到該信息，如例（1）、（2）。

2〖消息來源〗表示信息來源的時候，常用「～によると」（根據）或「～の話では」（說是…）等形式，如例（3）～（5）。

3〖女性－そうよ〗說話人為女性時，有時會用「そうよ」，如例（5）。

消息來源 ↓ 動詞現在肯定 ↓ 傳聞 ↓

例1 友達（ともだち）の話（はなし）によると、もう一つ（ひと）飛行場（ひこうじょう）ができるそうだ。

聽朋友說，要蓋另一座機場。

那一大片地最近在施工，是要蓋什麼呢？新大樓？體育館？

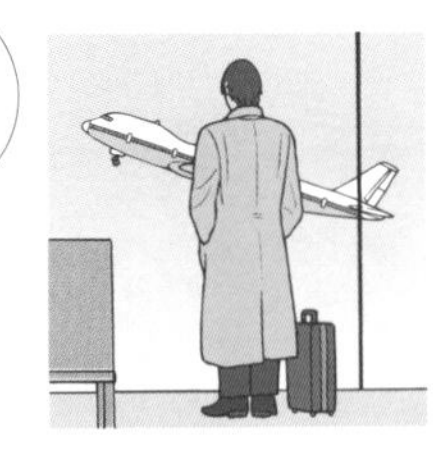

用「そうだ」表示據朋友消息，要蓋另一座機場。此「そうだ(似乎)」表示可能性，信息非百分百確定，細節還待瞭解。

文法應用例句

2 據說這地方從前住了多達5萬人。

ここは昔（むかし）〔以前〕、5万人（ごまんにん）〔萬〕もの人（ひと）が住（す）んでいた〔居住〕そうだ。

★用「そうだ」表示據某人所知，這個地方以前住著5萬人，此「そうだ」表示可能性，細節還待進一步瞭解。

3 聽說奶奶說，爺爺年輕時很英俊。

おばあちゃん〔奶奶〕の話（はなし）では、おじいちゃん〔爺爺〕は、若（わか）いころはハンサムだった〔（當時）英俊的〕そうだ。

★用「そうだ」搭配「～の話では」表示據奶奶的講述，爺爺年輕時很英俊，但說話人只是聽說，並沒有自己確定的證據。

4 報上說這次的颱風會很強大。

新聞（しんぶん）〔報紙〕によると、今度（こんど）の台風（たいふう）〔颱風〕はとても大（おお）きい〔巨大的〕そうだ。

★「そうだ」搭配「～によると」表示從新聞上得知，這次颱風很可能很強，但非確定的事實，仍需持續觀察。

5 聽他說櫻子小姐離婚了。

彼（かれ）の話（はなし）〔談話〕では、桜子（さくらこ）さんは離婚（りこん）した〔離婚了〕そうよ。

★用「そうよ」是女性用語，據某人的話，櫻子小姐似乎離婚了。此「そう」表示可能性，還需了解更多細節。

grammar
012 ～やすい
容易…、好…
Track 102

類義表現
にくい
不容易…、難…

接續方法 ▸ {動詞ます形}＋やすい

1【強調程度】表示該行為、動作很容易做，該事情很容易發生，或容易發生某種變化，亦或是性質上很容易有那樣的傾向，與「～にくい」相對，如例（1）～（4）。

2〖變化跟い形容詞同〗「やすい」的活用變化跟「い形容詞」一樣，如例（5）。

主語 動作 強調容易

例1 木綿(もめん)の下着(したぎ)は洗(あら)いやすい。
棉質內衣容易清洗。

☞ 文法應用例句

2 那時岩手縣氣候涼爽，住起來舒適宜人。

岩手(いわて)は涼(すず)しくて過(す)ごしやすかった。
（涼爽的、過生活）

★「過ごしやすい」表示生活在岩手縣的舒適程度較高，容易適應。

3 每逢季節交替的時候，就很容易感冒。

季節(きせつ)の変(か)わり目(め)は風邪(かぜ)をひきやすい。
（季節、轉變、…時、患）

★「ひきやすい」表示在季節交替時，容易出現感冒的情況。

4 這家餐廳不但餐點好吃，而且又位在交通便捷的地方，很容易到達。

このレストランはおいしいし、場所(ばしょ)が便利(べんり)で来(き)やすい。
（餐廳、位置、方便的）

★「やすい」表示「輕鬆、方便」的意思，表達了「来る（前來）」這家餐廳不需要花費太多的時間和精力。

5 哥哥用簡單明瞭的方法教了我習題。

兄(あに)が宿題(しゅくだい)を分(わ)かりやすく教(おし)えてくれました。
（哥哥、作業、教導）

★「やすい」表示哥哥的教學方式，讓說話人能夠輕易地「分る（理解）」作業，充滿高效性和易學性。

grammar
013 ～にくい
Track 103

不容易…、難…

接續方法 ▸ {動詞ます形} ＋にくい

【強調程度】表示該行為、動作不容易做，該事情不容易發生，或不容易發生某種變化，亦或是性質上很不容易有那樣的傾向。「にくい」的活用跟「い形容詞」一樣。與「～やすい（容易…、好…）」相對。

主語 ↓　動作 ↓　強調不容易 ↓

例1 このコンピューターは、使(つか)いにくいです。

這台電腦很不好用。

這台電腦已經用了快７年了。不僅容量小、速度慢，更過份的是，每次在趕稿子就當機！老闆真小氣，都不幫我換台新的。

「にくい」客觀敘述這台電腦在使用過程中，可能會遇到一些操作上的不便或挑戰，不如其他電腦容易操作。

☞ 文法應用例句

2 建造了一棟不易倒塌的建築物。

倒(たお)れにくい建物(たてもの)を作(つく)りました。

（倒塌）（建築物）

★「にくい」客觀敘述被建造的建築物，就算遇到地震、颱風等天災，也相對其他建築更加穩固、不易倒塌。

3 一旦養成習慣就很難改了呢！

一度(いちど)ついた習慣(しゅうかん)は、変(か)えにくいですね。

（養成）（習慣）（改變）

★「変えにくい」表示改變已經養成的習慣是困難的。

4 這種魚雖然美味，但是吃起來很麻煩。

この魚(さかな)、おいしいけれど食(た)べにくかった。

（魚）（雖然）

★「食べにくい」表示這條魚雖然美味，但因某些原因（例如刺多）讓人難以品嚐。

5 如果主管的年紀比我們小，在工作上不會不方便嗎？

上司(じょうし)が年下(としした)だと、仕事(しごと)しにくくないですか。

（上司）（年紀小）

★「にくくないですか」客觀詢問與年輕主管相處是否具挑戰及不便，暗示與年長主管相處可能更容易。

grammar

014

Track 104

～と～と、どちら

在…與…中，哪個…

類義表現

のなかで／のうちで／で、～がいちばん

…中，哪個最…、…中，誰最…

接續方法 ▸ {名詞}＋と＋{名詞}＋と、どちら（のほう）が

【比較】表示從兩個裡面選一個。也就是詢問兩個人或兩件事，哪一個適合後項。在疑問句中，比較兩個人或兩件事，用「どちら」。東西、人物及場所等都可以用「どちら」。

兩選擇物 ↓　選擇 ↓　評價 ↓

着物（きもの）とドレスと、どちらのほうが素敵（すてき）ですか。

和服與洋裝，哪一種比較漂亮？

櫻子準備要去參加宴會。櫻子問小愛，穿「着物」還是「ドレス」好呢？

句中兩個被選者「着物とドレス」用「と」表示，至於兩者之間哪個更具美感呢？用「どちら」讓你在兩者之間作出選擇。

☞ 文法應用例句

2 哲也和健介，你覺得哪一個比較帥？

哲也君（てつやくん）と健介君（けんすけくん）と、どちらがかっこいい（帥氣的）と思（おも）いますか。

★「と」表示兩個被選者「哲也君と健介君」，用「どちら」讓你在兩個人之間做出比較，問你認為哪一位更帥氣。

3 紅茶和咖啡，您要哪個？

紅茶（こうちゃ）（紅茶）とコーヒー（咖啡）と、どちらがよろしいですか。

★「と」表示兩個被選者「紅茶とコーヒー」，用「どちら」讓你在兩種飲料之間做出選擇，問你更想要喝哪一種。

4 工業與商業，哪一種比較興盛？

工業（こうぎょう）（工業）と商業（しょうぎょう）（商業）と、どちらのほうが盛（さか）んです（昌盛）か。

★「と」表示兩個被選者「工業と商業」，用「どちら」讓你在兩個領域之間做出比較，問你認為哪一方更興盛。

5 爸爸和媽媽，你比較喜歡哪一位？

お父（とう）さんとお母（かあ）さん、どっちの方（ほう）（方面）が好（す）き（喜歡的）。

★「と」表示兩個被選者「お父さんとお母さん」，用口語的「どっち」讓你在兩個人之間做出選擇，問你更喜歡哪一位。

grammar 015

Track 105

～ほど～ない

不像…那麼…、沒那麼…

類義表現
くらい（ぐらい）／ほど～はない
沒有什麼…比…、沒有…像…那麼…、沒有…比…的了

接續方法 ▸ {名詞；動詞普通形} ＋ほど～ない

【比較】表示兩者比較之下，前者沒有達到後者那種程度。這個句型是以後者為基準，進行比較的。

比較事物 1 ↓　比較事物 2 ↓　比較－前者不如後者 ↓

例 1 大きい船は、小さい船ほど揺れない。

大船不像小船那麼會搖。

要坐到對岸的話，可以選擇坐大船或小船，怕暈船的我，當然選擇坐大船啦！

以「ほど」前的「小さい船」為基準，相較於小船，大船在晃動程度上較小，暗示大船比小船更穩定。

☞ 文法應用例句

2 日本的夏天不像泰國那麼熱。

日本の夏はタイの夏ほど暑くないです。

（タイ：泰國；暑く：炎熱的）

★「ほど」表示程度，以「タイの夏」為比較基準，表示日本的夏天相對於泰國來說，沒有那麼炎熱。

3 我不像妹妹那麼像媽媽。

私は、妹ほど母に似ていない。

（妹：妹妹；母：媽媽；似て：像，似）

★「ほど」表示程度，以「妹」為比較基準，表示說話人和母親的相似程度不如妹妹和母親的相似程度。

4 電影不如我預期的那麼有趣。

映画は、期待したほど面白くなかった。

（映画：電影；期待した：期待了）

★「ほど」表示程度，「期待した」為基準，表示電影在有趣程度上沒有達到我預期的水平。

5 考試沒有我原本以為的那麼難。

テストは、予想したほど難しくなかった。

（テスト：考試；予想した：預想了）

★「ほど」表示程度，「予想した」為基準，表示考試在難度上沒有達到我預想的程度，暗示考試比說話人想得更簡單。

～なくてもいい

不…也行、用不著…也可以

類義表現
てもいい …也行、可以…

接續方法 ▶ {動詞否定形(去い)}＋くてもいい

1【許可】表示允許不必做某一行為，也就是沒有必要，或沒有義務做前面的動作，如例（1）、（2）。

2〖×なくてもいかった〗要注意的是「なくてもいかった」或「なくてもいければ」是錯誤用法，正確是「なくてもよかった」或「なくてもよければ」，如例（3）、（4）。

3〖文言－なくともよい〗較文言的表達方式為「～なくともよい」，如例（5）。

動作原因 ↓　動作 ↓　無須做 ↓

暖(あたた)かいから、暖房(だんぼう)をつけなくてもいいです。

很溫暖，所以不開暖氣也無所謂。

這幾天寒流來襲，但今天突然豔陽高照，整個房間暖烘烘的。

「なくてもいい」表示由於豔陽高照天氣已經暖和，因此不需要再「暖房をつける（開啟暖氣）」來保持室內溫暖。

文法應用例句

2　今天可以不用交報告嗎？

レポート(報告)は今日(きょう)出(だ)(繳交)さなくてもいいですか。

★「なくてもいいですか」表示請求對方允許，今天不「レポートを出す（交報告）」是否也沒關係呢？

3　早知道那麼無聊就不來了。

こんなにつまらない(無聊的)なら、来(こ)なくてもよかった。

★「なくてもよかった」表示由於活動或經歷非常無聊，因此說話人認為不需要「来る（前來）」也沒關係，語含不滿或不感興趣。

4　假如不必工作也無所謂，不知道該有多好。

もし(如果)働(はたら)かなくてもよければ、どんなに(多麼地)いいだろう。

★「なくてもよ＋ければ」表示對未來的假設情況，如果不需要再「働く（工作）」那將是多麼美好的事情，是對工作的疲憊和無奈的抱怨。

5　忙碌的人不出席亦無妨。

忙(いそが)しい(忙碌的)人(ひと)は出席(しゅっせき)(出席)しなくともよい。

★「なくともよい」是「なくてもいい」的文言說法，表示忙碌的人不需要「出席する（出席）」也不是問題。讓忙碌人士更方便。

grammar 017

Track 107

～なくてもかまわない

不…也行、用不著…也沒關係

類義表現

なくてはいけない

必須…

接續方法 ▸ {動詞否定形(去い)}＋くてもかまわない

1【許可】表示沒有必要做前面的動作，不做也沒關係，是「なくてもいい」的客氣說法。如例（1）～（3）。

2〖＝大丈夫等〗「かまわない」也可以換成「大丈夫（沒關係）、問題ない（沒問題）」等表示「沒關係」的表現，如例（4）、（5）。

動作原因　動作　無須做

例1 明(あか)るいから、電灯(でんとう)をつけなくてもかまわない。

還很亮，不開電燈也沒關係。

今天天氣很好，櫻子坐在窗邊看書。但是媽媽看到就問說，會不會太暗了，要不要打開燈啊？

「なくてもかまわない」表示由於室內已經很明亮，即使不「電灯をつける（開燈）」也不會影響正常活動。

☞ 文法應用例句

2 你不去也行。

あなた(你)は行(い)(前往)かなくてもかまいません。

★「行かなくてもかまわない」表示由於人手充足或其他原因，聽話人即使不去，也不會造成任何問題。

3 原本以為只要我愛他，就算他不愛我也沒關係。

彼(かれ)を愛(あい)(愛)していたから、彼(かれ)(他)が私(わたし)を愛(あい)していなくてもかまわなかった。

★「愛していなくてもかまわなかった」表示即使他不愛我，也不會影響自己對對方的感情。

4 時間還有15分鐘，不必趕著去也沒關係喔。

あと(還有)15分(じゅうごふん)ありますから、急(いそ)(趕緊)がなくても大丈夫(だいじょうぶ)ですよ。

★「急がなくても大丈夫」表示由於還有 15 分鐘，即使不著急也不會影響正常活動。

5 若是住在城市裡，就算不會開車也沒有問題。

都会(とかい)(都市)に住(す)(居住)んでいると、車(くるま)の運転(うんてん)ができなくても問題(もんだい)(問題)ありません。

★「できなくても問題ありません」表示在都市生活中，即使不會開車，也不會有任何困擾。

grammar

018 ～なさい

Track 108

要…、請…

類義表現
命令形 給我…、不要…

接續方法 ▸ {動詞ます形} ＋なさい

【命令】表示命令或指示。一般用在上級對下級，父母對小孩，老師對學生的情況。比起命令形，此句型稍微含有禮貌性，語氣也較緩和。由於這是用在擁有權力或支配能力的人，對下面的人説話的情況，使用的場合是有限的。

行動對象　（監督崗位的人）命令

規則（きそく）を守（まも）りなさい。

要遵守規定。

這是擁有執法權力的交通女警，對違規駕駛員説的情況。

交通女警説，你超速了！這裡時速是限制 50 公里的！這個「規則」「守りなさい」（要遵守）啦！強調遵循規則的重要性。

☞ 文法應用例句

2 **快點睡覺！**

早く（はやく）〔早的〕寝（ね）なさい。

★對熟悉的人或晚輩説「早く寝なさい」（快點睡覺）啦！強調現在時候不早了，應該休息的重要性。語含關心之情。

3 **要好好用功讀書喔！**

しっかり〔確實地〕勉強（べんきょう）しなさいよ。

★對晚輩説「しっかり勉強しなさい」（要好好讀書）啦！強調認真學習的重要性。語含關心和支持。

4 **叫學生到教室集合。**

生徒（せいと）〔學生〕たちを、教室（きょうしつ）〔教室〕に集（あつ）〔集合〕めなさい。

★要求對方把學生集中到教室來「集めなさい」（集合）！這是上司對下屬的指示。

5 **請從選項 1 到 4 之中，挑出最適合的答案。**

選択肢（せんたくし）〔選項〕1（いち）から4（よん）の中（なか）から、いちばんいいものを選（えら）〔選擇〕びなさい。

★「選びなさい」表示要求考生從選項中選擇最適合的答案。請考生遵循考試規則。

grammar **019** Track 109

～ため(に)

1. 以…為目的，做…、為了…；2. 因為…所以…

類義表現
せいで 由於…

1【目的】{名詞の；動詞辭書形}＋ため（に）。表示為了某一目的，而有後面積極努力的動作、行為，前項是後項的目標，如果「ため（に）」前接人物或團體，就表示為其做有益的事，如例（1）～（3）。

2【理由】{名詞の；[動詞・形容詞]普通形；形容動詞詞幹な}＋ため（に）。表示由於前項的原因，引起後項不尋常的結果，如例（4）、（5）。

受益者　目的　條件　　　主語動作

例1 私（わたし）は、彼女（かのじょ）のためなら何（なん）でもできます。

只要是為了她，我什麼都辦得到。

我非常愛我的老婆，雖然我現在很窮，但為了她的幸福，我會拼命賺錢，給她無憂無慮的生活！

「ため」表達了願意為了「彼女」去做任何事情，強調自己對她的關心和支持。

☞ 文法應用例句

2 為了了解世界，到各地去旅行。

世界（せかい）を知（し）るために、たくさん旅行（りょこう）をした。

（世界）（大量的）

★「ために」表達了為了實現「世界を知る」這個目標而努力去旅行，強調了對世界認知的渴望和對旅行的投入。

3 為了去日本留學而正在拚命學日語。

日本（にほん）に留学（りゅうがく）するため、一生懸命（いっしょうけんめい）日本語（にほんご）を勉強（べんきょう）しています。

（留學）（拚命的）

★「ため」表達為了實現「日本留學」目標全力學習日語，凸顯留學的重要性和奮鬥決心。

4 由於颱風來襲，海浪愈來愈高。

台風（たいふう）のために、波（なみ）が高（たか）くなっている。

（颱風）（海浪）

★「ために」表示颱風是「波が高くなっている（海浪變高）」的原因，突顯了天災對自然環境的影響。

5 因為手指疼痛而無法彈琴。

指（ゆび）が痛（いた）いため、ピアノが弾（ひ）けない。

（手指）（鋼琴）（能彈奏）

★「ため」表示手指疼痛是「ピアノが弾けない（無法彈鋼琴）」的原因，強調了身體狀況對音樂表現的影響。

grammar

020 ～そう

Track 110

好像…、似乎…

類義表現
らしい
好像…、似乎…

接續方法 ▸ {[形容詞・形容動詞] 詞幹；動詞ます形} ＋そう

1【様態】表示說話人根據親身的見聞，如周遭的狀況或事物的外觀，而下的一種判斷，如例（1）～（3）。

2〘よさそう〙形容詞「よい」、「ない」接「そう」會變成「よさそう」、「なさそう」，如例（4）。

3〘女性－そうね〙會話中，當說話人為女性時，有時會用「そうね」，如例（5）。

主語 ↓　主語樣態 ↓　說話人主觀判斷 ↓

このラーメンはおいしそうだ。

這拉麵似乎很好吃。

櫻子跟田中在路邊攤吃拉麵，熱騰騰的拉麵看起來好好吃的樣子。

「そうだ」表示說話人根據拉麵的外觀或者一些線索，認為這碗拉麵可能非常美味。

文法應用例句

2 你一個人忙不過來吧？要不要我幫忙？

辛苦的

大変（たいへん）そうだね。手伝（てつだ）おうか。

★「そうだ」表示說話人根據對方的狀態，認為他非常辛苦，表現出關心之情，並詢問是否需要幫忙。

3 妹妹遭到媽媽的責罵，露出了一副快要哭出來的表情。

責罵　表情

妹（いもうと）は、お母（かあ）さんに叱（しか）られて、泣（な）きそうな顔（かお）をしていました。

★「そう」表示說話人根據妹妹的表情，判斷她快要哭了，強調她的情緒狀況。

4 「你覺得這樣好不好呢？」「看起來不錯啊。」

如何　好的

「これでどうかな。」「よさそうだね。」

★「そうだ」表示說話人根據對方的成品等，表達出肯定和認可的意思，並給予正面回應。

5 怎麼了？你看起來好像不太舒服耶？

身體狀態　不好的

どうしたの。気分（きぶん）が悪（わる）そうね。

★「そうね」女性用語，表示根據對方狀態，推測他可能不太舒服。表現出關切之情，並詢問是否需要幫忙或照顧。

grammar 021 Track 111

～がする

感到…、覺得…、有…味道

類義表現
ようにする 爭取做到…、設法使…

接續方法 ▸ {名詞} +がする

【樣態】前面接「かおり（香味）、におい（氣味）、味（味道）、音（聲音）、感じ（感覺）、気（感覺）、吐き気（噁心感）」等表示氣味、味道、聲音、感覺等名詞，表示說話人通過感官感受到的感覺或知覺。

樣態的主體 ↓ 樣態 ↓ 說話人的感覺 ↓

例1 このうちは、畳（たたみ）の匂（にお）いがします。

這屋子散發著榻榻米的味道。

哇！日式榻榻米耶！走進和式房間，撲鼻而來榻榻米的香味。

表達某種特定感官感覺的「がする」，在此表示在這個房子裡可以聞到「畳の匂い（榻榻米的味道）」，描述了房子的一個特徵。

☞ 文法應用例句

2 今天早上頭就開始痛。

今朝（けさ）[今早]から頭痛（ずつう）[頭痛]がします。

★「がする」表示今天早上感覺到「頭痛（頭痛）」，描述了身體的感覺。

3 外頭傳來了巨大的聲響。

外（そと）[外面]で大（おお）きい音（おと）[聲響]がしました。

★「がする」表示說話人聽到外面傳來了巨大的聲響，描述外部環境的聲音狀況。

4 她的眼神讓人感覺充滿關懷。

彼女（かのじょ）の目（め）[眼神]は温（あたた）かい[溫暖的]感（かん）じがします。

★「がする」表示說話人從她的眼神中感覺到關懷，描述對她眼神的感受。

5 我覺得好像曾在哪裡見過那個人。

あの人（ひと）はどこかであった[見過]ことがあるような気（き）[感覺]がします。

★「がする」表示看到那個人時感覺好像在哪裡見過他，描述對某人的記憶印象。

grammar

022

Track 112

～ことがある

1. 有時…、偶爾…；2. 有過…但沒有過…

類義表現
ことができる 能…、會…

接續方法 ▸ {動詞辭書形；動詞否定形}＋ことがある

1【不定】表示有時或偶爾發生某事，如例（１）。

2【經驗】「～ことはあるが、～ことはない」為「有過…，但沒有過…」的意思，通常內容為談話者本身經驗，如例（２）。

3〖常搭頻度副詞〗常搭配「ときどき（有時）、たまに（偶爾）」等表示頻度的副詞一起使用，如例（３）、（４）。

行動對象 ↓ 行動目的 ↓ 行為 ↓ 偶爾做 ↓

友人（ゆうじん）とお酒（さけ）を飲（の）みに行（い）くことがあります。

偶爾會跟朋友一起去喝酒。

田中工作一直都很忙，所以跟好友見面小酌一番的機會，大約一個月一次左右吧！

「ことがある」表示偶爾會和朋友一起外出喝酒，但並不是經常這樣做。

☞ 文法應用例句

2 我雖會喝酒，但是從來沒有喝過量。

僕（ぼく）は酒（さけ）【酒】を飲（の）む【喝】ことはあるが、飲（の）み過（す）ぎることはない。

★「ことはあるが、～ことはない」表示我有喝酒的經驗，但從未過量，強調了自己對於飲酒的節制和健康的重視。

3 有時會騎腳踏車上班。

たまに自転車（じてんしゃ）【腳踏車】で通勤（つうきん）【通勤】することがあります。

★「ことがある」表示我偶爾會騎自行車上班，然而並不是每天都會這麼做。

4 回家途中我有時會去伯父家。

私（わたし）は時々（ときどき）【有時】、帰（かえ）りにおじ【伯父】の家（いえ）に行（い）くことがある。

★「ことがある」表示我有時候會在回家的路上，順便拜訪伯父，但這並不是經常發生的事情。

5 直到現在，有時我還會想起你。

今（いま）【現在】でもときどきあなたのことを思（おも）い出（だ）す【想起】ことがある。

★「ことがある」表示現在我有時候會想起你，但這並不是經常發生的事情。

grammar

023

Track 113

～ことになる

1.（被）決定…；3. 規定…；4. 也就是說…

類義表現

ことにする

決定…

接續方法 ▸ {動詞辭書形；動詞否定形}＋ことになる

1【決定】表示決定。指說話人以外的人、團體或組織等，客觀地做出了某些安排或決定，如例（1）、（2）。

2〖婉轉宣布〗用於婉轉宣布自己決定的事，如例（3）。

3【約束】以「～ことになっている」的形式，表示人們的行為會受法律、約定、紀律及生活慣例等約束，如例（4）。

4【換句話說】指針對事情，換一種不同的角度或說法，來探討事情的真意或本質，如例（5）。

決定進行地點　決定進行對象　行為　組織做出決定

例1 駅（えき）にエスカレーターをつけることになりました。

車站決定設置自動手扶梯。

郊外的某個電車站，決定要裝自動手扶梯了。

「ことになる」表示「駅にエスカレーターをつける（在車站安裝手扶梯）」的計劃已經達成一致，未來將會實施這項工程。

文法應用例句

2 下個月要去新竹出差。

来月（らいげつ）新竹（シンチク）に出張（しゅっちょう）［出差］することになった。

★「ことになる」表示「下個月我將出差到新竹」這件事情已經達成共識，未來將會按照計劃進行。

3 已經決定將於6月結婚了。

6月（ろくがつ）に結婚（けっこん）［結婚］することになりました。

★「ことになる」表示「於6月結婚」的決定已經達成一致，未來將會按照這個安排實現。

4 依現行規定，孩童不得喝酒。

子（こ）ども［小孩］はお酒（さけ）を飲（の）んで［喝］はいけないことになっています。

★「ことになる」表示「兒童不得飲酒」這項規定已經達成共識，說明了對兒童飲酒行為的禁止和限制。

5 跟異性一起去吃飯，就表示兩人在交往嗎？

異性（いせい）［異性］と食事（しょくじ）に行（い）くというのは、付（つ）き合（あ）って［交往］いることになるのでしょうか。

★「ことになる（意味著）」表示探討「異性共進晚餐」是否被認定為交往的狀態。

grammar

024

Track 114

～かどうか

是否…、…與否

類義表現
か～か …或是…

接續方法 ▶ {名詞；形容動詞詞幹；[形容詞・動詞] 普通形} ＋かどうか

【不確定】表示從相反的兩種情況或事物之中選擇其一。「～かどうか」前面的部分是不知是否屬實。

確認內容 ↓　提出疑問 ↓　請求動作 ↓

これでいいかどうか、教(おし)えてください。

請告訴我這樣是否可行。

準備了好久的產品開發案，不知道在市場上可不可行，有沒有考慮不周的地方。

把「いいか」(好嗎)跟「よくないか」(不好嗎)，縮寫成「いいかどうか」，來請對方指點這樣做是否可以被接受。

文法應用例句

2 我不知道那兩個人是不是兄弟。

（二人：兩人；兄弟：手足）

あの二人(ふたり)が兄弟(きょうだい)かどうか分(わ)かりません。

★將「兄弟か」和「兄弟ではないか」縮寫成「兄弟かどうか（是否為兄弟）」表示需要進一步確認是否為兄弟。

3 我去瞧瞧那裡的房間是否安靜。

（部屋：房間；静か：安靜的）

あちらの部屋(へや)が静(しず)かかどうか見(み)てきます。

★將「静かか」和「静かではないか」縮寫成「静かかどうか」，表示不清楚房內狀況，要親自去確認房間是否安靜。

4 氣象預報對明天是不是晴天，是怎麼說的？

（晴れる：晴朗；天気予報：天氣預報）

明日(あす)晴(は)れるかどうか、天気予報(てんきよほう)はなんて言(い)ってた。

★「晴れるかどうか」縮寫自「晴れるか」和「晴れないか」，用來詢問明天是否會是晴天。表達對明天天氣的好奇，期望對方提供資訊。

5 不試試看就不知道能不能籌得到錢。

（集まる：收集；やって：做）

お金(かね)が集(あつ)まるかどうか、やってみないと分(わ)からない。

★把「集まるか」跟「集まないか」，縮寫成「集まるかどうか」，來表示沒有嘗試前不確定能否籌到足夠資金。

grammar

025 ～ように

1. 請…、希望…；2. 為了…；3. 以便…、為了…

Track 115

類義表現
のに 為了…、用於…

接續方法 ▸ {動詞辭書形；動詞否定形} ＋ように

1【祈求】表示祈求、願望、希望、勸告或輕微的命令等。有希望成為某狀態，或希望發生某事態，向神明祈求時，常用「動詞ます形＋ますように」，如例（1）、（2）。

2【提醒】用在老師提醒學生時，如例（3）。

3【目的】表示為了實現「ように」前的某目的，而採取後面的行動或手段，以便達到目的，如例（4）、（5）。

增強語氣 ↓ 期望對象 ↓ 祈求 ↓

どうか試験(しけん)に合格(ごうかく)しますように。

請神明保佑讓我考上！

小孩今年參加私立國中入學考試，於是全家來到神社前參拜，希望神明能保佑孩子考運亨通。

用「ように（請保佑）」表示對「試験に合格する（通過考試）」的強烈願望。後面省略了「お願いします」（請）等。

☞ 文法應用例句

2 **祈求世界和平。**

世界(せかい)が平和(へいわ)[和平]になります[變得]ように。

★使用「ように（請保佑）」表達對於「世界和平」的強烈願望，透露出對於和平的渴望。後面省略了表達禮貌的「お願いします」（請）等。

3 **記得在星期一之前要把作文寫完交來。**

月曜日(げつようび)までに作文(さくぶん)[作文]を書(か)いてくる[書寫]ように。

★「ように」表示提醒、命令或請求，老師要求學生在星期一之前「作文を書く（寫好作文）」，強調作文的繳交時間。

4 **為了怕忘記，事先記在筆記本上。**

忘(わす)れないように手帳(てちょう)[筆記本]にメモして[記筆記]おこう。

★「ように」表示目的，即為了確保「忘れない（不會忘記）」，需要在手帳上記錄以便查閱。強調記錄的重要性，以避免遺忘。

5 **為了退燒，我請醫生替我打針。**

熱(ねつ)が下(さ)がる[下降]ように、注射(ちゅうしゃ)[注射]を打(う)って[打入]もらった。

★「ように」表示目的，即為了確保「熱が下がる（退燒）」，需要請醫生打針診治。強調採取行動以達到目的。

grammar
026 ～ようにする
Track 116

1. 爭取做到…；2. 設法使…；3. 使其…

類義表現
ようになる
（變得）…了

接續方法 ▸ {動詞辭書形；動詞否定形} ＋ようにする

1【意志】表示說話人自己將前項的行為、狀況當作目標而努力，或是說話人建議聽話人採取某動作、行為時，如例（１）、（２）。

2【習慣】如果要表示下決心想把某行為變成習慣，則用「ようにしている」的形式，如例（３）、（４）。

3【目的】表示對某人或事物，施予某動作，使其起作用，如例（５）。

動作時間　決定內容　意志

これから毎日野菜を取るようにします。（まいにち やさい と）

我從現在開始每天都要吃蔬菜。

因為身體不舒服去了醫院一趟，結果被醫生告知說太胖了，要多攝取蔬果纖維質。

「ようにする」表示說話人對採取「毎日野菜を取る（每天攝取蔬菜）」這一行動的決心和努力。

☞ 文法應用例句

2 努力做到不去說別人的壞話吧！

人の悪口を言わないようにしましょう。（ひと わるぐち い）［悪口：壞話；言：說］

★「ようにする」表示說話人決心和努力「不說別人的壞話」，強調了樹立良好品行和尊重他人的重要性。

3 我習慣早起。

朝早く起きるようにしています。（あさはや お）［朝早く：早上；起き：起床］

★「ようにする（養成習慣）」表示持續努力，以確保每天「早上早起」，並養成習慣。強調早起對健康和生活的正面影響。

4 現在都不搭電梯，而改走樓梯。

エレベーターには乗らないで、階段を使うようにしている。（の かいだん つか）［エレベーター：電梯；階段：樓梯］

★「ようにする（養成習慣）」表示持續努力達成每天「走樓梯」的目標，養成習慣。強調使用樓梯對個人健康及環保的重要性。

5 把沙發搬開，以便躺下來也能看到電視了。

ソファーを移動して、寝ながらテレビを見られるようにした。（いどう ね み）［ソファー：沙發；移動：移動］

★「ようにする」表示通過調整沙發位置，達到「躺著看電視」的目的，強調提高觀看舒適度的需求和努力。

grammar 027 Track 117

～ようになる

（變得）…了

類義表現
ように 以便…、為了…； 請…、希望…

接續方法 ▸ {動詞辭書形；動詞可能形}＋ようになる

【變化】表示是能力、狀態、行為的變化。大都含有花費時間，使成為習慣或能力。動詞「なる」表示狀態的改變。

主語　動作程度　能力　變化狀態

例1 練習（れんしゅう）して、この曲（きょく）はだいたい弾（ひ）けるようになった。

練習後，這首曲子大致會彈了。

這首曲子剛拿到譜的時候覺得很難，但經過一個多月的練習後，已經熟練許多了。

「ようになる」表示經過一段時間的努力，已經達到了能夠彈奏這首曲子的水平，這一能力的變化。

☞ 文法應用例句

2 **我每天早上都會喝牛奶了。**

私（わたし）は毎朝（まいあさ）［每天早上］牛乳（ぎゅうにゅう）［牛奶］を飲（の）むようになった。

★「ようになる」表示透過一段時間努力後，已經養成每天早上喝牛奶的習慣，強調養成健康生活習慣的重要性。

3 **不必擔心，再過一些時候就會了呀。**

心配（しんぱい）［擔心］しなくても、そのうち［不久］できるようになるよ。

★「ようになる」表示經過一段時間的努力後，能夠學會某事，強調能力的變化，給予對方信心並鼓勵他們繼續努力學習。

4 **我女兒最近已經很會用筷子了。**

うちの娘（むすめ）は、このごろ箸（はし）［筷子］を上手（じょうず）［拿手的］に持（も）てる［拿握］ようになってきた。

★「ようになる」表示經過努力，已經能自由使用筷子，這一能力的變化。強調技能學習的成果。

5 **警告他後，他現在不再抱怨了。**

注意（ちゅうい）したら［警告了］、文句（もんく）［抱怨］を言（い）わないようになった。

★「ようになる」表示經過努力，對方不再抱怨，這一行為的變化。強調通過提醒和指導，改善某種行為和態度。

grammar 028 Track 118

～ところだ

剛要…、正要…

類義表現
たばかり 剛…

接續方法 ▸ {動詞辭書形}＋ところだ

1【將要】表示將要進行某動作，也就是動作、變化處於開始之前的階段。

2〘用在意圖行為〙不用在預料階段，而是用在有意圖的行為，或很清楚某變化的情況。

時間 ↓　行為主體 ↓　動作 ↓　將要 ↓

例1 これから、校長先生（こうちょうせんせい）が話（はなし）をするところです。

接下來是校長致詞時間。

今天是畢業典禮，首先由校長說幾句話。

「ところだ（剛要）」用於表達校長正處於即將發表講話的狀態。

☞ 文法應用例句

2 現在正要就寢。

今（いま）から寝（ね）るところだ。〔から：從〕

★「ところだ（剛要）」用於表達說話人正處於，即將就寢的狀態。強調說話人此刻的動作意圖。

3 現在正要打電話給田中小姐。

いま、田中（たなか）さんに電話（でんわ）をかけるところです。〔電話：電話／かける：播打〕

★「ところだ（剛要）」用於表達說話人正處於，即將致電給田中小姐的狀態。

4 「快點寫作業！」「現在正要寫啦！」

「早（はや）く宿題（しゅくだい）をしなさい」「今（いま）、やるところだよ」〔宿題：作業／やる：做〕

★「ところだ（剛要）」用於表達學生正處於，即將開始寫作業的狀態。

5 「可以耽擱一下你的時間嗎？」「什麼事？我正準備回家說……」

「ちょっと、いいですか」「何（なに）、もう帰（かえ）るところなんだけど」〔ちょっと：一會兒／帰る：回家〕

★「ところなんだ（剛要）」表示回話人即將回家，「なんだ」則用來加強語氣，強調即將要回家了。

grammar
029
Track 119

～ているところだ

正在…、…的時候

類義表現
ところだ 剛要…、正要

接續方法 ▸ {動詞て形} ＋いるところだ

1 【時點】表示正在進行某動作，也就是動作、變化處於正在進行的階段，如例（1）～（4）。

2 〖連接句子〗如為連接前後兩句子，則可用「～ているところに～」，如例（5）。

動作對象 ↓　動作 ↓　正在進行 ↓

例1 日本語の発音を直してもらっているところです。
（にほんご　はつおん　なお）
正在請人幫我矯正日語發音。

我的日文發音一直都很不理想，所以我找了我的日文老師幫忙。

「ているところだ（正在）」用於表達說話人正處於，請老師幫忙糾正日語發音的過程中。即改善日語發音這個動作正在進行中。

☞ 文法應用例句

2 現在正在準備考試。

今、試験の準備をしているところです。
（いま　しけん〔考試〕　じゅんび〔準備〕）

★「ているところだ（正在）」用於表達說話人正準備考試。強調現在正在進行考試準備。

3 總經理目前正在裡面的房間和銀行人員會談。

社長は今奥の部屋で銀行の人と会っているところです。
（しゃちょう　いまおく〔內部〕　へや　ぎんこう〔銀行〕　ひと　あ）

★「ているところだ（正在）」表示總經理正在與銀行人員會談中，強調目前的情況。

4 回到家時，爸爸正在罵弟弟。

家に帰ると、ちょうど父が弟を叱っているところだった。
（いえ　かえ　〔正好〕　ちち　おとうと　しか〔責罵〕）

★「ているところだ（正在）」用於表達當時爸爸正在責罵弟弟的過程中，描述了說話人回家後的情景。

5 我在洗澡時電話響起。

お風呂に入っているところに電話がかかってきた。
（ふろ〔澡盆〕　はい〔進入〕　でんわ）

★「ているところに（正在）」用於表達電話打來時，說話人正在洗澡。描述說話人正在洗澡時突然接到電話的情況。

grammar 030 Track 120

～たところだ

剛…

類義表現
（よ）うとする
打算…

接續方法 ▶ {動詞た形}＋ところだ

1【時點】表示剛開始做動作沒多久，也就是在「…之後不久」的階段，如例（1）～（4）。

2〔發生後不久〕跟「～たばかりだ」比較，「～たところだ」強調開始做某事的階段，但「～たばかりだ」則是一種從心理上感覺到事情發生後不久的語感，如例（5）。

動作剛開始　剛剛　轉折　接著發生的事情

例1 テレビを見(み)始(はじ)めたところなのに、電話(でんわ)が鳴(な)った。

才剛看電視沒多久，電話就響了。

今天晚上電視會播放我期待已久的日劇！但才剛開始沒多久，討人厭的電話就響了起來…。

「たところだ（剛看…）」表示看電視這個動作剛剛開始，接著就發生了電話響的事情。

☞ 文法應用例句

2 喂？喔，我現在剛到車站。

もしもし（喂）。ああ、今(いま)、駅(えき)に着(つ)いた（抵達了）ところだ。

★「たところだ（剛剛…）」表示抵達車站這個動作剛剛發生，說話人正在告知對方他剛到達車站。

3 小寶寶才剛睡著，請安靜一點。

赤(あか)ちゃん（小嬰兒）が寝(ね)たところなので、静(しず)か（安靜的）にしてください。

★「たところ（剛剛…）」表示嬰兒入睡這個動作剛剛開始，因此請對方保持安靜，不要吵醒孩子。

4 前一個客人才剛走，下一個客人又來了。

お客(きゃく)さん（客人）が帰(かえ)ったところに、また別(べつ)（其他）のお客(きゃく)さんが来(き)た。

★「たところに（剛剛…）」表示客人回家這個動作剛剛發生，接著下一組客人馬上又到了，強調兩個動作的時間緊鄰。

5 雖然才剛剛吃過飯，肚子卻餓了。

食(た)べたばかりだけど、おなか（肚子）が減(へ)って（飢餓）いる。

★「ばかりだ（剛剛…）」表示說話人主觀認為吃飯這個動作剛剛結束，然而意外地又感到肚子餓了。

grammar **031** Track 121

～たところ

結果…、果然…

類義表現
たら～た（確定條件） 原來…、發現…、才知道…

接續方法 ▸ {動詞た形}＋ところ

【結果】順接用法。表示完成前項動作後，偶然得到後面的結果、消息，含有說話者覺得訝異的語感。或是後項出現了預期中的好結果。前項和後項之間沒有絕對的因果關係。

完成動作 ↓　偶然契機 ↓　意料外結果 ↓

例1 **先生(せんせい)に聞(き)いたところ、先生(せんせい)も知(し)らないそうだ。**

請教了老師，結果老師似乎也不曉得。

這一題數學題目竟無人能解，連老師也不知道，太神奇了。

動詞た形加「ところ」，表示完成前項動作「請教老師」後，偶然得到後項「老師似乎也不曉得」與預期相反的結果！

☞ 文法應用例句

2 **去到派出所時，錢包已經被送到那裡了。**

交番(こうばん)〔派出所〕に行(い)ったところ、財布(さいふ)〔錢包〕は届(とど)いて〔送達〕いた。

★動詞た形加「ところ」表當說話人「前往警察局」時，「錢包已經被送回了」，給人一種突然解決問題的意外感覺。

3 **從學校回到家時，家裡有客人來訪。**

学校(がっこう)〔學校〕から帰(かえ)ったところ、うち〔我家〕にお客(きゃく)さんが来(き)ていた。

★動詞た形加「ところ」表示完成前項動作「剛從學校回到家」，然後意外地發現家裡「有客人來訪」的情景。

4 **第一次嘗試喝抹茶，結果苦得要命。**

初(はじ)めてお抹茶(まっちゃ)〔抹茶〕を飲(の)んでみたところ、すごく〔非常〕苦(にが)かった〔（當時）苦的〕。

★動詞た形加「ところ」表達了完成前項動作「第一次嘗試喝抹茶」，然後感受到「非常苦的味道」。給人一種意外的語感。

5 **一打開電腦，就收到了以前的朋友寄來的電子郵件。**

パソコンを開(ひら)いた〔打開了〕ところ、昔(むかし)〔以前〕の友人(ゆうじん)〔朋友〕からメールが来(き)ていた。

★動詞た形加「ところ」表示完成前項動作「剛剛打開電腦」後，發生了一個意外的情況，他「收到了昔日朋友的郵件」。

grammar

032 ～について(は)、につき、についても、についての

Track 122

1. 有關…、就…、關於…；2. 由於…

類義表現
にかんして 關於…

接續方法 ▸ {名詞} ＋について(は)、につき、についても、についての

1【對象】表示前項先提出一個話題，後項就針對這個話題進行說明，如例（１）～（４）。

2【原因】要注意的是「～につき」也有「由於…」的意思，可以根據前後文來判斷意思，如例（５）。

話題對象 ↓　關於 ↓　動作對象 ↓

江戸時代（えどじだい）の商人（しょうにん）についての物語（ものがたり）を書（か）きました。

撰寫了一個有關江戶時期商人的故事。

這位偉大的作者，這次新書撰寫了「關於江戶時期商人」的故事，我相信這會是一部非常有深度，而且經典的作品。

「ついての」將話題「江戸時代の商人（江戶時代的商人）」和「物語（故事）」連接起來，說明故事的主題與江戶時代的商人相關。

文法應用例句

2 我對日本酒知之甚詳。

私（わたし）は、日本酒（にほんしゅ）については詳（くわ）しいです。

（詳しい：詳細的）

★「については」將話題與「日本酒（日本酒）」連接起來，表明說話人對日本酒這個主題有很多了解和研究。

3 我在學中國文學。

中国（ちゅうごく）の文学（ぶんがく）について勉強（べんきょう）しています。

（中国：中國；文学：文學；勉強：用功讀書）

★「について」將話題與「中国の文学（中國文學）」連接起來，表明說話人目前正在學習的內容是關於中國文學的知識。

4 那家公司的服務使用費標示也很明確，因此可以放心使用。

あの会社（かいしゃ）のサービスは、使用料金（しようりょうきん）についても明確（めいかく）なので、安心（あんしん）して利用（りよう）できます。

（サービス：服務；価格：價格；明確：明確的；安心：放心；利用：使用）

★「についても」將公司的服務和話題「使用料金（使用費）」連接起來，明確說明了有關使用費的資訊，讓人放心使用。

5 由於產品廣受好評，因此將販售期限往後延長。

好評（こうひょう）につき、発売期間（はつばいきかん）を延長（えんちょう）いたします。

（好評：好評；発売：販售；期間：期限；延長：延長）

★「につき」用來表示延長發售期限的原因是，產品受到了「好評（正面的評價）」。

Practice・4

[第四回必勝問題]

問題一 （　）の　ところに　何を　入れますか。1・2・3・4から　いちばん　いい　ものを　一つ　えらびなさい。

1 私（わたし）は　どこ（　）寝（ね）られます。
1 ごろ　2 へも　3 でも　4 まで

2 兄（あに）は　私（わたし）（　）英語（えいご）が　上手（じょうず）です。
1 から　2 と　3 より　4 ほど

3 私（わたし）（　）兄（あに）の　ほうが　英語（えいご）が　上手（じょうず）です。
1 より　2 ほど　3 から　4 ばかり

4 私（わたし）は　兄（あに）（　）英語（えいご）が　上手（じょうず）では　ありません。
1 ほど　2 より　3 から　4 と

5 明日（あした）は　日曜日（にちようび）な（　）、学校（がっこう）は　休（やす）みです。
1 から　2 ので　3 て　4 たら

6 山田（やまだ）さんは　どんな　スポーツ（　）できます。
1 ので　2 を　3 が　4 でも

7 白（しろ）い　車（くるま）は　黒（くろ）い　車（くるま）（　）高（たか）く　ない。
1 でも　2 ばかり　3 しか　4 ほど

8 この　ジュースは　へんな　におい（　）します。
1 を　2 で　3 か　4 が

9 今（いま）まで　5回（ごかい）　行（い）った（　）が　あります。
1 だけ　2 しか　3 まで　4 こと

10 あの　人（ひと）は　来（く）る（　）どうか　わかりません。
1 が　2 か　3 は　4 と

問題二

（　　）の　ところに　何を　入れますか。1・2・3・4から　いちばん　いい　ものを　一つ　えらびなさい。

1 雨が　（　　）も　山に　登りますか。

1 ふれ　　2 ふって　　3 ふる　　4 ふた

2 たぶん　今晩　山田さんが　（　　）だろう。

1 来　　2 来て　　3 来る　　4 来ると

3 6時の　電車に　（　　）ように、早く　起きました。

1 間に　合う　　2 間に　合わない

3 間に　合って　　4 間に　合ったら

4 一生懸命　練習して、少し（　　）ように　なりました。

1 泳ぐ　　2 泳ぐこと　　3 泳がる　　4 泳げる

5 この　木は　去年より　（　　）なりました。

1 大きいく　　2 大きいと　　3 大きいな　　4 大きく

6 この　テレビは　（　　）ないと　思います。

1 高い　　2 高いな　　3 高くに　　4 高く

7 日本人は　（　　）と　思います。

1 親切の　　2 親切な　　3 親切だ　　4 親切です

8 漢字の　（　　）かたを　教えて　ください。

1 かく　　2 かいて　　3 かき　　4 かい

9 まあ、（　　）そうな　料理ですね。

1 おいしい　　2 おいしくて　　3 おいし　　4 おいしいだ

10 この　本は　専門用語が　多いから、（　　）にくいです。

1 よむ　　2 よんだ　　3 よみ　　4 よんで

11 明日、台風が　くる　そうだ。大雨が（　　）かもしれない。

1 降った　　2 降る　　3 降らないで　　4 降らない

12 学校に（　　）ように、急いで　歩きましょう。

1 遅れないで　　2 遅れた　　3 遅れる　　4 遅れない

問題三

（　　）の　ところに　何を　入れますか。1・2・3・4から　いちばん　いい　ものを　一つ　えらびなさい。

1 日本語を　勉強する（　　）、留学します。

1 ように　　2 ために　　3 までに　　4 と

2 兄は　まるで　アメリカ人（　　）英語が　上手です。

1 のほど　　2 のように　　3 のために　　4 ので

3 まだ　夏休みなので、学校に（　　）。

1 行かなくては　いけません

2 行かなくても　いいです

3 行っても　いいです

4 行っては　いけませんでしょう

4 食事の　前には　手を（　　）。

1 洗わないで　ください　　2 洗っても　いい

3 洗いなさい　　4 洗うな

5 早く　準備（　　）。もう　出発時間だよ。

1 するな　　2 する　　3 せず　　4 しろ

6 この　薬は　ご飯を　食べたあとで（　　）。

1 飲みまさい　　2 飲めます　　3 飲めなさい　　4 飲みなさい

7 電話に　誰も　でない。山田くんは　まだ　帰って（　　）。

1 います　　2 いますらしい

3 いないらしい　　4 いないでした

8 トマトが　300円（さんびゃくえん）、バナナが　500円（ごひゃくえん）ですから、合計（ごうけい）で　800円（はっぴゃくえん）の　（　　　）。

1 はずだ　　2 ままだ

3 ためだ　　4 はずがないだ

9 この　歌（うた）は　（　　　）ですね。

1 うたやすい　　2 うたいやすい

3 うたうやすい　　4 うたえやすい

10 最近（さいきん）、たくさんの　人（ひと）が　スポーツを　する（　　）。

1 ことに　なりました　　2 のに　なりました

3 ように　なりました　　4 そうに　なりました

11 今（いま）から　会議（かいぎ）が　（　　　）ところなんです。

1 始（はじ）まっている　　2 始まった　　3 始まる　　4 始まって

12 父（ちち）は　今（いま）　会社（かいしゃ）から　帰（かえ）って　きた（　　　）です。

1 ところ　　2 こと　　3 とき　　4 ほど

MEMO

N4
TEST

JLPT

《新制對應手冊》

一、什麼是新日本語能力試驗呢？

1. 新制「日語能力測驗」
2. 認證基準
3. 測驗科目
4. 測驗成績

二、新日本語能力試驗的考試內容

N4 題型分析

＊以上內容摘譯自「國際交流基金日本國際教育支援協會」的「新しい『日本語能力試験』ガイドブック」。

一、什麼是新日本語能力試驗呢

1. 新制「日語能力測驗」

從2010年起實施的新制「日語能力測驗」（以下簡稱為新制測驗）。

1－1 實施對象與目的

新制測驗與舊制測驗相同，原則上，實施對象為非以日語作為母語者。其目的在於，為廣泛階層的學習與使用日語者舉行測驗，以及認證其日語能力。

1－2 改制的重點

改制的重點有以下４項：

1 測驗解決各種問題所需的語言溝通能力

新制測驗重視的是結合日語的相關知識，以及實際活用的日語能力。因此，擬針對以下兩項舉行測驗：一是文字、語彙、文法這３項語言知識；二是活用這些語言知識解決各種溝通問題的能力。

2 由４個級數增為５個級數

新制測驗由舊制測驗的４個級數（1級、2級、3級、4級），增加為５個級數（N1、N2、N3、N4、N5）。新制測驗與舊制測驗的級數對照，如下所示。最大的不同是在舊制測驗的２級與３級之間，新增了N3級數。

N1	難易度比舊制測驗的1級稍難。合格基準與舊制測驗幾乎相同。
N2	難易度與舊制測驗的２級幾乎相同。
N3	難易度介於舊制測驗的２級與３級之間。（新增）
N4	難易度與舊制測驗的３級幾乎相同。
N5	難易度與舊制測驗的４級幾乎相同。

＊「N」代表「Nihongo（日語）」以及「New（新的）」。

3 施行「得分等化」

由於在不同時期實施的測驗，其試題均不相同，無論如何慎重出題，每次測驗的難易度總會有或多或少的差異。因此在新制測驗中，導入「等化」的計分方式後，便能將不同時期的測驗分數，於共同量尺上相互比較。因此，無論是在什麼時候接受測驗，只要是相同級數的測驗，其得分均可予以比較。目前全球幾種主要的語言測驗，均廣泛採用這種「得分等化」的計分方式。

4　提供「日本語能力試驗Can-do自我評量表」（簡稱JLPT Can-do）

為了瞭解通過各級數測驗者的實際日語能力，新制測驗經過調查後，提供「日本語能力試驗Can-do自我評量表」。該表列載通過測驗認證者的實際日語能力範例。希望通過測驗認證者本人以及其他人，皆可藉由該表格，更加具體明瞭測驗成績代表的意義。

1－3　所謂「解決各種問題所需的語言溝通能力」

我們在生活中會面對各式各樣的「問題」。例如，「看著地圖前往目的地」或是「讀著說明書使用電器用品」等等。種種問題有時需要語言的協助，有時候不需要。

為了順利完成需要語言協助的問題，我們必須具備「語言知識」，例如文字、發音、語彙的相關知識、組合語詞成為文章段落的文法知識、判斷串連文句的順序以便清楚說明的知識等等。此外，亦必須能配合當前的問題，擁有實際運用自己所具備的語言知識的能力。

舉個例子，我們來想一想關於「聽了氣象預報以後，得知東京明天的天氣」這個課題。想要「知道東京明天的天氣」，必須具備以下的知識：「晴れ（晴天）、くもり（陰天）、雨（雨天）」等代表天氣的語彙；「東京は明日は晴れでしょう（東京明日應是晴天）」的文句結構；還有，也要知道氣象預報的播報順序等。除此以外，尚須能從播報的各地氣象中，分辨出哪一則是東京的天氣。

如上所述的「運用包含文字、語彙、文法的語言知識做語言溝通，進而具備解決各種問題所需的語言溝通能力」，在新制測驗中稱為「解決各種問題所需的語言溝通能力」。

新制測驗將「解決各種問題所需的語言溝通能力」分成以下「語言知識」、「讀解」、「聽解」等3個項目做測驗。

語言知識	各種問題所需之日語的文字、語彙、文法的相關知識。
讀　解	運用語言知識以理解文字內容，具備解決各種問題所需的能力。
聽　解	運用語言知識以理解口語內容，具備解決各種問題所需的能力。

作答方式與舊制測驗相同，將多重選項的答案劃記於答案卡上。此外，並沒有直接測驗口語或書寫能力的科目。

2. 認證基準

新制測驗共分為N1、N2、N3、N4、N5，５個級數。最容易的級數為N5，最困難的級數為N1。

與舊制測驗最大的不同，在於由４個級數增加為５個級數。以往有許多通過３級認證者常抱怨「遲遲無法取得２級認證」。為因應這種情況，於舊制測驗的２級與３級之間，新增了N3級數。

新制測驗級數的認證基準，如表1的「讀」與「聽」的語言動作所示。該表雖未明載，但應試者也必須具備為表現各語言動作所需的語言知識。

N4與N5主要是測驗應試者在教室習得的基礎日語的理解程度；N1與N2是測驗應試者於現實生活的廣泛情境下，對日語理解程度；至於新增的N3，則是介於N1與N2，以及N4與N5之間的「過渡」級數。關於各級數的「讀」與「聽」的具體題材（內容），請參照表1。

■ 表1 新「日語能力測驗」認證基準

	級數	認證基準 各級數的認證基準，如以下【讀】與【聽】的語言動作所示。各級數亦必須具備為表現各語言動作所需的語言知識。
↑ 困難＊	N1	能理解在廣泛情境下所使用的日語 【讀】・可閱讀話題廣泛的報紙社論與評論等論述性較複雜及較抽象的文章，且能理解其文章結構與內容。 ・可閱讀各種話題內容較具深度的讀物，且能理解其脈絡及詳細的表達意涵。 【聽】・在廣泛情境下，可聽懂常速且連貫的對話、新聞報導及講課，且能充分理解話題走向、內容、人物關係、以及說話內容的論述結構等，並確實掌握其大意。
	N2	除日常生活所使用的日語之外，也能大致理解較廣泛情境下的日語 【讀】・可看懂報紙與雜誌所刊載的各類報導、解說、簡易評論等主旨明確的文章。 ・可閱讀一般話題的讀物，並能理解其脈絡及表達意涵。 【聽】・除日常生活情境外，在大部分的情境下，可聽懂接近常速且連貫的對話與新聞報導，亦能理解其話題走向、內容、以及人物關係，並可掌握其大意。
	N3	能大致理解日常生活所使用的日語 【讀】・可看懂與日常生活相關的具體內容的文章。 ・可由報紙標題等，掌握概要的資訊。 ・於日常生活情境下接觸難度稍高的文章，經換個方式敘述，即可理解其大意。 【聽】・在日常生活情境下，面對稍微接近常速且連貫的對話，經彙整談話的具體內容與人物關係等資訊後，即可大致理解。

<table>
<tr><td rowspan="2">*
容
易
↓</td><td>N4</td><td>能理解基礎日語
【讀】・可看懂以基本語彙及漢字描述的貼近日常生活相關話題的文章。
【聽】・可大致聽懂速度較慢的日常會話。</td></tr>
<tr><td>N5</td><td>能大致理解基礎日語
【讀】・可看懂以平假名、片假名或一般日常生活使用的基本漢字所書寫的固定詞句、短文、以及文章。
【聽】・在課堂上或周遭等日常生活中常接觸的情境下，如為速度較慢的簡短對話，可從中聽取必要資訊。</td></tr>
</table>

*N1最難，N5最簡單。

3. 測驗科目

新制測驗的測驗科目與測驗時間如表２所示。

■ 表2　測驗科目與測驗時間＊①

<table>
<tr><td>級數</td><td colspan="3">測驗科目
（測驗時間）</td><td></td><td></td></tr>
<tr><td>N1</td><td colspan="2">語言知識（文字、語彙、文法）、讀解
（110分）</td><td>聽解
（55分）</td><td>→</td><td rowspan="2">測驗科目為「語言知識（文字、語彙、文法）、讀解」；以及「聽解」共２科目。</td></tr>
<tr><td>N2</td><td colspan="2">語言知識（文字、語彙、文法）、讀解
（105分）</td><td>聽解
（50分）</td><td>→</td></tr>
<tr><td>N3</td><td>語言知識
（文字、語彙）
（30分）</td><td>語言知識（文法）、
讀解
（70分）</td><td>聽解
（40分）</td><td>→</td><td rowspan="3">測驗科目為「語言知識（文字、語彙）」；「語言知識（文法）、讀解」；以及「聽解」共３科目。</td></tr>
<tr><td>N4</td><td>語言知識
（文字、語彙）
（25分）</td><td>語言知識（文法）、
讀解
（55分）</td><td>聽解
（35分）</td><td>→</td></tr>
<tr><td>N5</td><td>語言知識
（文字、語彙）
（20分）</td><td>語言知識（文法）、
讀解
（40分）</td><td>聽解
（30分）</td><td>→</td></tr>
</table>

N1與N2的測驗科目為「語言知識（文字、語彙、文法）、讀解」以及「聽解」共2科目；N3、N4、N5的測驗科目為「語言知識（文字、語彙）」、「語言知識（文法）、讀解」、「聽解」共３科目。

由於N3、N4、N5的試題中，包含較少的漢字、語彙、以及文法項目，因此當與N1、N2測驗相同的「語言知識（文字、語彙、文法）、讀解」科目時，有時會使某幾道試題成為其他題目的提示。為避免這個情況，因此將「語言知識（文字、語彙、文法）、讀解」，分成「語言知識（文字、語彙）」和「語言知識（文法）、讀解」施測。

＊①：聽解因測驗試題的錄音長度不同，致使測驗時間會有些許差異。

4. 測驗成績

4－1　量尺得分

舊制測驗的得分，答對的題數以「原始得分」呈現；相對的，新制測驗的得分以「量尺得分」呈現。

「量尺得分」是經過「等化」轉換後所得的分數。以下，本手冊將新制測驗的「量尺得分」，簡稱為「得分」。

4－2　測驗成績的呈現

新制測驗的測驗成績，如表3的計分科目所示。N1、N2、N3的計分科目分為「語言知識（文字、語彙、文法）」、「讀解」、以及「聽解」3項；N4、N5的計分科目分為「語言知識（文字、語彙、文法）、讀解」以及「聽解」2項。

會將N4、N5的「語言知識（文字、語彙、文法）」和「讀解」合併成一項，是因為在學習日語的基礎階段，「語言知識」與「讀解」方面的重疊性高，所以將「語言知識」與「讀解」合併計分，比較符合學習者於該階段的日語能力特徵。

■ 表3　各級數的計分科目及得分範圍

級數	計分科目	得分範圍
N1	語言知識（文字、語彙、文法）	0～60
	讀解	0～60
	聽解	0～60
	總分	0～180

N2	語言知識（文字、語彙、文法） 讀解 聽解	0～60 0～60 0～60
	總分	0～180
N3	語言知識（文字、語彙、文法） 讀解 聽解	0～60 0～60 0～60
	總分	0～180
N4	語言知識（文字、語彙、文法）、讀解 聽解	0～120 0～60
	總分	0～180
N5	語言知識（文字、語彙、文法）、讀解 聽解	0～120 0～60
	總分	0～180

各級數的得分範圍，如表3所示。N1、N2、N3的「語言知識（文字、語彙、文法）」、「讀解」、「聽解」的得分範圍各為0～60分，3項合計的總分範圍是0～180分。「語言知識（文字、語彙、文法）」、「讀解」、「聽解」各占總分的比例是1：1：1。

N4、N5的「語言知識（文字、語彙、文法）、讀解」的得分範圍為0～120分，「聽解」的得分範圍為0～60分，2項合計的總分範圍是0～180分。「語言知識（文字、語彙、文法）、讀解」與「聽解」各占總分的比例是2：1。還有，「語言知識（文字、語彙、文法）、讀解」的得分，不能拆解成「語言知識（文字、語彙、文法）」與「讀解」2項。

除此之外，在所有的級數中，「聽解」均占總分的三分之一，較舊制測驗的四分之一為高。

4－3　合格基準

舊制測驗是以總分作為合格基準；相對的，新制測驗是以總分與分項成績的門檻2者作為合格基準。所謂的門檻，是指各分項成績至少必須高於該分數。假如有一科分項成績未達門檻，無論總分有多高，都不合格。

新制測驗設定各分項成績門檻的目的，在於綜合評定學習者的日語能力，須符合以下 2 項條件才能判定為合格：①總分達合格分數（＝通過標準）以上；②各分項成績達各分項合格分數（＝通過門檻）以上。如有一科分項成績未達門檻，無論總分多高，也會判定為不合格。

N1～N3及N4、N5之分項成績有所不同，各級總分通過標準及各分項成績通過門檻如下所示：

級數	總分		分項成績					
			言語知識（文字・語彙・文法）		讀解		聽解	
	得分範圍	通過標準	得分範圍	通過門檻	得分範圍	通過門檻	得分範圍	通過門檻
N1	0～180分	100分	0～60分	19分	0～60分	19分	0～60分	19分
N2	0～180分	90分	0～60分	19分	0～60分	19分	0～60分	19分
N3	0～180分	95分	0～60分	19分	0～60分	19分	0～60分	19分

級數	總分		分項成績					
			言語知識（文字・語彙・文法）		讀解		聽解	
	得分範圍	通過標準	得分範圍	通過門檻	得分範圍	通過門檻	得分範圍	通過門檻
N4	0～180分	90分	0～120分	38分	0～60分	19分	0～60分	19分
N5	0～180分	80分	0～120分	38分	0～60分	19分	0～60分	19分

※上列通過標準自2010年第1回（7月）【N4、N5為2010年第2回（12月）】起適用。

缺考其中任一測驗科目者，即判定為不合格。寄發「合否結果通知書」時，含已應考之測驗科目在內，成績均不計分亦不告知。

4－4　測驗結果通知

依級數判定是否合格後，寄發「合否結果通知書」予應試者；合格者同時寄發「日本語能力認定書」。

■ N1, N2, N3

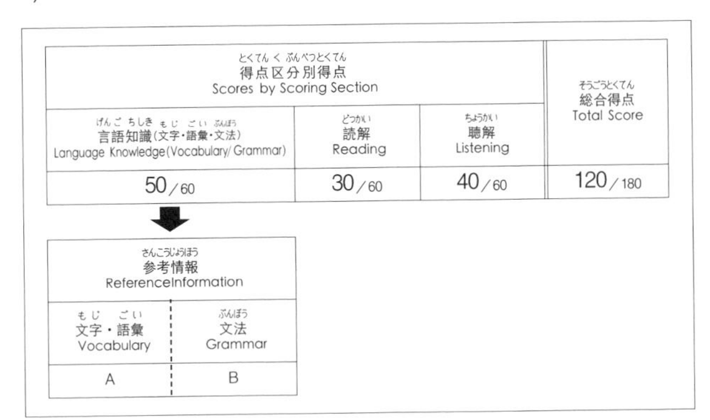

得点区分別得点 Scores by Scoring Section			総合得点 Total Score
言語知識（文字・語彙・文法） Language Knowledge (Vocabulary/Grammar)	読解 Reading	聴解 Listening	
50／60	30／60	40／60	120／180

参考情報 ReferenceInformation	
文字・語彙 Vocabulary	文法 Grammar
A	B

■ N4, N5

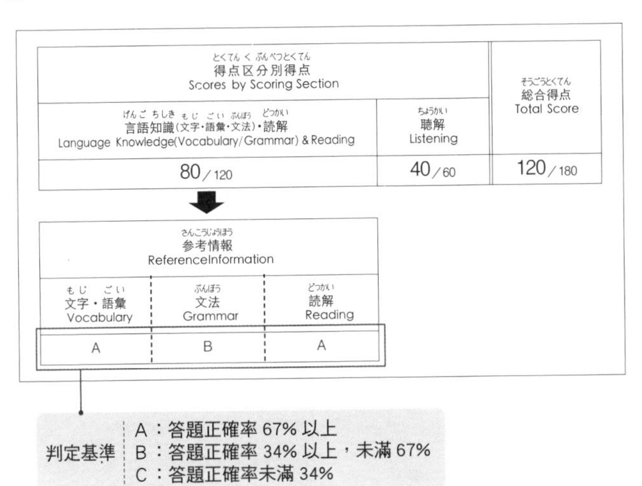

得点区分別得点 Scores by Scoring Section		総合得点 Total Score
言語知識（文字・語彙・文法）・読解 Language Knowledge (Vocabulary/Grammar) & Reading	聴解 Listening	
80／120	40／60	120／180

参考情報 ReferenceInformation		
文字・語彙 Vocabulary	文法 Grammar	読解 Reading
A	B	A

判定基準
A：答題正確率 67% 以上
B：答題正確率 34% 以上，未滿 67%
C：答題正確率未滿 34%

※各節測驗如有一節缺考就不予計分，即判定為不合格。雖會寄發「合否結果通知書」但所有分項成績，含已出席科目在內，均不予計分。各欄成績以「*」表示，如「**／60」。

※所有科目皆缺席者，不寄發「合否結果通知書」。

二、新日本語能力試驗的考試內容

N4 題型分析

測驗科目（測驗時間）		試題內容				
		題型			小題題數＊	分析
語言知識（25分）	文字、語彙	1	漢字讀音	◇	7	測驗漢字語彙的讀音。
		2	假名漢字寫法	◇	5	測驗平假名語彙的漢字寫法。
		3	選擇文脈語彙	○	8	測驗根據文脈選擇適切語彙。
		4	替換類義詞	○	4	測驗根據試題的語彙或說法，選擇類義詞或類義說法。
		5	語彙用法	○	4	測驗試題的語彙在文句裡的用法。
語言知識、讀解（55分）	文法	1	文句的文法1（文法形式判斷）	○	13	測驗辨別哪種文法形式符合文句內容。
		2	文句的文法2（文句組構）	◆	4	測驗是否能夠組織文法正確且文義通順的句子。
		3	文章段落的文法	◆	4	測驗辨別該文句有無符合文脈。
	讀解＊	4	理解內容（短文）	○	3	於讀完包含學習、生活、工作相關話題或情境等，約100~200字左右的撰寫平易的文章段落之後，測驗是否能夠理解其內容。
		5	理解內容（中文）	○	3	於讀完包含以日常話題或情境為題材等，約450字左右的簡易撰寫文章段落之後，測驗是否能夠理解其內容。
		6	釐整資訊	◆	2	測驗是否能夠從介紹或通知等，約400字左右的撰寫資訊題材中，找出所需的訊息。
聽解（35分）		1	理解問題	◇	8	於聽取完整的會話段落之後，測驗是否能夠理解其內容（於聽完解決問題所需的具體訊息之後，測驗是否能夠理解應當採取的下一個適切步驟）。
		2	理解重點	◇	7	於聽取完整的會話段落之後，測驗是否能夠理解其內容（依據剛才已聽過的提示，測驗是否能夠抓住應當聽取的重點）。
		3	適切話語	◆	5	於一面看圖示，一面聽取情境說明時，測驗是否能夠選擇適切的話語。
		4	即時應答	◆	8	於聽完簡短的詢問之後，測驗是否能夠選擇適切的應答。

＊「小題題數」為每次測驗的約略題數，與實際測驗時的題數可能未盡相同。此外，亦有可能會變更小題題數。
＊有時在「讀解」科目中，同一段文章可能會有數道小題。
＊符號標示：「◆」舊制測驗沒有出現過的嶄新題型；「◇」沿襲舊制測驗的題型，但是更動部分形式；「○」與舊制測驗一樣的題型。

資料來源：《關於N4及N5的測驗時間、試題題數基準的變更》。2020年9月10日，取自：https://www.jlpt.jp/tw/topics/202009091599643004.html

N4
TEST

JLPT

＊以「國際交流基金日本國際教育支援協會」的「新しい『日本語能力試験』ガイドブック」為基準出題的3回「文法模擬考題」。

もんだい１　應考訣竅

N4的問題１，預測會考15題。這一題型基本上是延續舊制的考試方式，也就是給一個不完整的句子，讓考生從４個選項中，選出自己認為正確的選項，進行填空，使句子的語法正確、意思通順。

從新制概要中預測，文法不僅在這裡，常用漢字表示的，如「中、方」也可能在語彙問題中出現；接續詞（しかし、それでは）應該會在文法問題２出現。當然，所有的文法・文型在閱讀中出現頻率，絕對很高的。

總而言之，無論在哪種題型，文法都是掌握高分的重要角色。

もんだい１（　　）に　何を　いれますか。1・2・3・4から　いちばん　いいものを　一つ　えらんで　ください。

1　A「宏(ひろし)の　はじめての　学校は　どうだった？」
B「大丈夫みたい。名前を　呼ばれると、ちゃんと　『はい』と　（　　）立ち上がって　いたよ。」

1　言ったまま　　2　言って　　3　言うので　　4　言っても

2　A「もしもし。」
B「もしもし、この　あいだ　（　　）　伊藤(いとう)で　ございます。」

1　お電話するの　　2　お電話したの　　3　お電話する　　4　お電話した

3　A「すみません、台風(たいふう)の　ため、とうちゃくの　時間が　少し（　　）。」
B「分かりました。気(き)を　つけて　きて　くださいね。」

1　遅(おく)れそうです　　2　遅れやすいです
3　遅れさせて　ください　　4　遅れて　みます

4 A「もう　先生方に　あいさつしましたか？」
B「いいえ。あとで　校長先生に　（　　　）　思って　います。」

1　あいさつさせたらと　　2　あいさつさせようと
3　あいさつする　ことと　　4　あいさつしようと

5 A「村田さんの　話に　よると、午後から　社長が　おいでに
なる（　　　）。」
B「そうですか。」

1　ばかりです　　2　そうです　　3　ところです　　4　のです

6 A「そんなに（　　　）、周りの　人の　じゃまに　なるでしょう。」
B「すみません、気を　つけます。」

1　騒いだら　　2　騒いでも　　3　騒ぐのに　　4　騒ぐため

7 A「見物したい　ところが（　　　）　私に　言って　ください。どこでも
連れて　行きますよ。」
B「ありがとう　ございます。」

1　あると　　2　あれば　　3　あっても　　4　あるので

8 A「お先に　失礼します。」
B「はい。あしたは　だいじな　会議が　あるから、絶対に　（　　　）。」

1　寝坊するなよ　　2　寝坊するかい　　3　寝坊するさ　　4　寝坊するのだ

9 A「うちの　お母さんは　毎日　お父さんが（　　　）　起きて　待って　います。」
B「えらいですねえ。」

1　帰って　くるまでに　　2　帰って　くるまで
3　帰って　くると　　4　帰って　くるし

10 A「まだ　電気が　ついて　ますね。」

B「じむしょに　誰か（　　　）です。」

1 いるみたい　　2 いること　　3 いるほど　　4 いられる

11 A「この　スカートを　金曜日までに　なおして　いただけませんか。」

B「木曜日には（　　　）よ。」

1 できやすい　　2 できます　　3 できて　おく　　4 できにくい

12 A「公園が　近くて　いいですね。」

B「ええ、朝　5時ぐらいに　なると、木の　上で　小鳥が（　　　）ます。」

1 鳴きおわり　　2 鳴くばかり　　3 鳴きはじめ　　4 鳴きたがり

13 A「10年　以上も（　　　）ステレオが　とうとう　壊れて　しまいました。」

B「もう　なおらないのですか。」

1 使う　　2 使った　　3 使うよう　　4 使ったの

14 A「大学を　卒業したら、どう　しますか。」

B「（　　　）に　決めました。」

1 留学する　　2 留学するの　　3 留学した　　4 留学する　こと

15 A「いままで、じゅうどうの　しあいで　お兄ちゃんに（　　　）ことが　ありません。」

B「強いんですね、お兄さん。」

1 勝つ　　2 勝つの　　3 勝った　　4 勝ったの

もんだい２ 應考訣竅

問題２是「部分句子重組」題，出題方式是在一個句子中，挑出相連的４個詞，將其順序打亂，要考生將這４個順序混亂的字詞，跟問題句連結成為一句文意通順的句子。預估出５題。

應付這類題型，考生必須熟悉各種日文句子組成要素（日語語順的特徵）及句型，才能迅速且正確地組合句子。因此，打好句型、文法的底子是第一重要的，也就是把文法中的「助詞、慣用型、時態、體態、形式名詞、呼應和接續關係」等等弄得滾瓜爛熟，接下來就是多接觸文章，習慣日語的語順。

問題２既然是在「文法」題型中，那麼解題的關鍵就在文法了。因此，做題的方式，就是看過問題句後，集中精神在４個選項上，把關鍵的文法找出來，配合它前面或後面的接續，這樣大致的順序就出來了。接下再根據問題句的語順進行判斷。這一題型往往會有一個選項，不知道放在哪個位置，這時候，請試著放在最前面或最後面的空格中。這樣，文法正確、文意通順的句子就很容易完成了。

＊請注意答案要的是標示「★」的空格，要填對位置喔！

もんだい２　＿★＿ に　入る　ものは　どれですか。１・２・３・４から いちばん　いい　ものを　一つ　えらんで　ください。

（問題例（もんだいれい））

＿＿＿　＿＿＿　＿★＿　＿＿＿、もう　一度（いちど）　確認（かくにん）します。

1 翻訳（ほんやく）　　2 すべて　　3 から　　4 して

（答（こた）え方（かた））

1　正（ただ）しい　文（ぶん）を　作（つく）ります。

＿＿＿　＿＿＿　＿★＿　＿＿＿、もう　一度（いちど）　確認（かくにん）します。
2　すべて　　1　翻訳（ほんやく）　　4　して　　3　から

2　＿★＿　に　入（はい）る　番号（ばんごう）を　黒（くろ）く　塗（ぬ）ります。

（かいとうようし）

（例）	①　②　③　❹

16　A「もう　一度（いちど）　洗いましょうか。」

B「＿＿＿　＿＿＿　＿★＿　＿＿＿、何回も　洗わなくても　いいですよ。」

1　いない　　2　そんなに　　3　から　　4　汚（よご）れて

17　A「どこに　行くんですか。」

B「公園は　いっぱいだったので、＿＿＿　＿＿＿　＿★＿　＿＿＿　ことに なりました。」

1　まで　　2　テニスコート　　3　となり町の　　4　行く

18　＿＿＿　＿＿＿　＿★＿　＿＿＿　つもりです。

1　勉強する　　2　では　　3　大学　　4　物理（ぶつり）を

19　いつも　主人が　＿＿＿　＿＿＿　＿★＿　＿＿＿　おきます。

1　までに　　2　帰って　くる　　3　お風呂を　　4　沸（わ）かして

20　＿＿＿　＿＿＿　＿★＿　＿＿＿、だんだん　自信（じしん）が　なくなって　きます。

1　負（ま）けて　　2　ばかり　　3　試合（しあい）で　　4　いると

もんだい３ 考試訣竅

「文章的文法」這一題型是先給一篇文章，隨後就文章內容，去選詞填空，選出符合文章脈絡的文法問題。預估出５題。

做這種題，要先通讀全文，好好掌握文章，抓住文章中一個或幾個要點或觀點。第２次再細讀，尤其要仔細閱讀填空處的上下文，就上下文脈絡，並配合文章的要點，來進行選擇。細讀的時候，可以試著在填空處填寫上答案，再看選項，最後進行判斷。

由於做這種題型，必須把握前句跟後句，甚至前段與後段之間的意思關係，才能正確選擇相應的文法。也因此，前面選擇的正確與否，也會影響到後面其他問題的正確理解。

做題時，要仔細閱讀［　］的前後文，從意思上、邏輯上弄清楚是順接還是逆接、是肯定還是否定，是進行舉例説明，還是換句話説。經過反覆閱讀有關章節，理清枝節，抓住關鍵之處後，再跟選項對照，抓出主要，刪去錯誤，就可以選擇正確答案。另外，對日本文化、社會、風俗習慣等的認識跟理解，對答題是有絕大助益的。

もんだい３　［21］から　［25］に　何を　入れますか。１・２・３・４から　いちばん　いい　ものを　一つ　えらんで　ください。

つぎの　文章（ぶんしょう）は　伊藤（いとう）さんが　お母さんの　ことを　書いた　ものです。

私の　お母さんは　60歳に　なったので、30年間　はたらいた　かいしゃ　［21］　やめました。はたらいて　いた　時は、毎日　朝　５時に　起きて　おべんとうを　作ってから、会社に　行って　いました。家に　帰って　きても　ちょっと　休む　だけで、洗濯したり　料理したり、いつも　忙しそうに　して　いました。１日　24時間では　［22］　と　よく　いって　いました。私も　たまに　家の　ことを　てつだいましたが、だいたい　お皿を　［23］。

お母さんは　かいしゃを　やめてから　やっと　自分の　時間が　できたと　いって　います。最近(さいきん)は　体の　ために　うんどうを　はじめました。**24**、新しい　しゅみが　いろいろ　できたようです。タオルで　にんぎょうを　つくって、近所(きんじょ)の　子どもに　あげたり、おどりを　習(なら)いに　いったり　して　います。むかし　より　元気に　なったと　おもいます。さっき　ブドウで　ジャムを　作ると　いって、いろいろと　**25**。こんな　ははを見ると　私も　嬉(うれ)しく　なります。

21

1 は　　2 に　　3 を　　4 で

22

1 時間が　たりる　　2 時間が　たりた

3 時間が　たりない　　4 時間が　たりなかった

23

1 洗うだけでした　　2 洗うだけでしょう

3 洗って　いました　　4 洗って　いる

24

1 ほかにも　　2 ところで　　3 しかし　　4 ほら

25

1 準備(じゅんび)を　して　います　　2 準備を　して　いました

3 準備が　あります　　4 準備が　します

第二回　新制日檢模擬考題【言語知識―文法】

もんだい１　（　　　）に　何を　いれますか。１・２・３・４から　いちばん　いいものを　一つ　えらんで　ください。

1　A「きのう　アメリカで　大きな　じしんが（　　　）ですよ。」
B「こわいですねえ。」

1　あったらしい　　2　あるらしい　　3　あるはず　　4　あったつもり

2　A「伊藤さんが　交通事故に　（　　　）と　聞きましたが…」
B「ええ、でも　ひどい　けがでは　ありませんでした。」

1　あう　　2　あった　　3　あっている　　4　あうかどうか

3　A「すみません、おつりが　でて　こないのですが。」
B「この　白い　ボタンを　（　　　）出て　きますよ。」

1　押すなら　　2　押すので　　3　押しても　　4　押すと

4　A「きゅうりょうを　（　　　）、すぐに　デパートで　20万円も　買い物して　しまいました。」
B「そんなに　使ったんですか！」

1　もらうより　　2　もらって　　3　もらうので　　4　もらうのに

5　A「どんな　部屋を　探して　いるんですか。」
B「お金が　（　　　）、部屋が　小さいとか、エレベーターが　ないとかは　気に　しません。」

1　ありますので　　2　あるなら
3　ありませんので　　4　あったら

6 A「パンが（　　　）までに　部屋の　そうじを　おわらせて　おきましょうよ。」

B「じゃ、そう　しようか。」

1 焼(や)ける　　2 焼く　　3 焼き　　4 焼いた

7 A「ゆうかちゃん、好きな　本を　持って　おいで。何か（　　　）あげるよ。」

B「わーい、じゃあ　これに　する。」

1 読み　　2 読む　　3 読んだ　　4 読んで

8 A「今日の　朝は　おなかが　痛かったので、ご飯を（　　　）家を　出ました。」

B「今も　痛いんですか。」

1 食べにくい　　2 食べたまま　　3 食べない　　4 食べずに

9 A「まだ　帰らないのですか。」

B「早く（　　　）ですが、まだ　仕事が　終わりませんから。」

1 帰るはず　　2 帰りたい　　3 帰ること　　4 帰りたがる

10 A「よしおくん、初めての　どうぶつえんは（　　　）。」

B「すごく　楽しかったよ！」

1 どう　だったかい　　2 どう　だったとか

3 どう　だっただろう　　4 どう　だっただい

11 A「皆さん、校長(こうちょう)先生に　何か（　　　）は　ありますか。」

B「はい、僕あります！」

1 うかがいたい　こと　　2 いただきたい　こと

3 さしあげたい　こと　　4 くださりたい　こと

12 A「むすめの　誕生日プレゼントを（　　　）、ちょっと　出かけて　きます。」
B「いって　らっしゃい。」

1 買うために　　2 買うなら　　3 買っても　　4 買うと

13 A「何に　なさいますか。」
B「じゃあ、私は　あたたかい　コーヒーに（　　　）。」

1 あります　　2 します　　3 くださいます　　4 もらいます

14 A「昨日　何回か　電話しましたが、誰も（　　　）でしたよ。」
B「おかしいですねえ。」

1 出ません　　2 出ます　　3 出ない　　4 出ないらしい

15 A「お兄ちゃんが（　　　）教科書(きょうかしょ)や　ペンを　くれました。」
B「よかったね。」

1 いる　　2 いらなくなった

3 いるの　　4 いなかった

もんだい2　＿★＿に　入る　ものは　どれですか。1・2・3・4から　いちばん　いい　ものを　一つ　えらんで　ください。

（問題例）

＿＿＿　＿＿＿　＿★＿　＿＿＿、もう　一度　確認します。

1 翻訳　　2 すべて　　3 から　　4 して

（答え方）

1　正しい　文を　作ります。

＿＿＿　＿＿＿　＿★＿　＿＿＿、もう　一度　確認します。 2　すべて　　1　翻訳　　4　して　　3　から

2　＿★＿に　入る　番号を　黒く　塗ります。

（かいとうようし）

（例）	①　②　③　❹

16　A「調子は　どうですか。」

B「おかげさまで　＿＿＿　＿＿＿　＿★＿　＿＿＿。」

1　退院して　　2　なりました　　3　歩けるように　4　自分で

17　A「どれぐらい　時間が　かかりそうですか。」

B「そんなに　難しく　ないので、＿＿＿　＿＿＿　＿★＿　＿＿＿　と思います。」

1　ぐらいで　　2　1時間　　3　できる　　4　だろう

18　A「新しいのが　ほしいなあ。」

B「今　使って　いるのが　壊れて　いないなら、＿＿＿　＿＿＿　＿★＿　＿＿＿。」

1　必要は　　2　買う　　3　新しいのを　　4　ありません

19 A「この ＿＿＿ ＿＿＿ ＿★＿ ＿＿＿ かまいませんか。」
B「ええ、かまいませんよ。」

1 ことを　　2 ほかの　　3 人に　　4 話しても

20 A「仕事で ＿＿＿ ＿＿＿ ＿★＿ ＿＿＿ くださいね。」
B「じゃあ、今日は　もう　ねます。」

1 いる　　2 疲れて　　3 なら　　4 無理(むり)しないで

もんだい３　[21]から　[25]に　何を　入れますか。１・２・３・４から　いちばん　いい　ものを　一つ　えらんで　ください。

つぎの　文章(ぶんしょう)は、鈴木(すずき)さんが　家族の　ことに　ついて　書いた　ものです。

> 私の　家では　テレビを　見る　時間　[21]　だいたい　きまって　います。まず、朝は　テレビを　つけません。ラジオか　おんがくを　[22]、ご飯を　食べます。おじいちゃんと　おばあちゃんは　私が　学校に　行ってから、テレビを　[23]。お父さんは　まいあさ　30分ぐらい　しんぶんを　読みますが、テレビは　見ないで　会社に　行きます。
>
> 私は　学校から　帰ると　すぐに　しゅくだいを　します。[24]　友達と　遊んだり　ピアノの　練習を　したり　します。弟は　まだ　ようちえんですから、しゅくだいは　ありません。おじいちゃんと　公園に　行ったり、おもちゃで　遊んだり　して　います。ときどき　いっしょに　[25]。7時ぐらいに　お母さんが　仕事から　帰ってきて、夕御飯(ゆうごはん)を　作ります。お母さんが　ご飯を　作って　いる　間(あいだ)、私と　弟は　いっしょに　30分の　番組(ばんぐみ)を　二つ　見ます。お父さんは、ご飯を　食べて、お風呂に　入ってから、ニュースを　見ます。

[21]

1　も　　2　に　　3　を　　4　が

[22]

1　聞くかどうか　　2　聞きながら

3　聞いたとき　　4　聞くところ

23

1　見て　おきます　　　2　見るでしょう

3　見たがります　　　4　見るそうです

24

1　じゃあ　　2　ところで　　3　しかし　　4　それから

25

1　遊ぶ　ことも　あります　　　2　遊ぶ　ことに　します

3　遊ぶらしいです　　　4　遊んだところです

もんだい１　（　　　）に　何を　いれますか。１・２・３・４から　いちばん　いいものを　一つ　えらんで　ください。

1　A「たいしかんの　前で　田中さんと　（　　　）なって　います。」
B「それで、何時に　行きますか。」

1　会うつもりに　　2　会って　いく　　3　会うらしい　　4　会う　ことに

2　A「コンピューターが　こわれたので、お父さんに　（　　　）ました。」
B「じゃあ、新しいのを　買わなくても　いいですね。」

1　直して　あげ　　2　直して　もらい
3　直して　くれ　　4　直して　やり

3　A「今日は　すごい　人でしたね。」
B「そうですか？私が　（　　　）　電車は　込んで　いませんでしたよ。」

1　乗る　　2　乗っている　　3　乗った　　4　乗りにくい

4　A「みなさん　（　　　）どうぞ　たくさん　召し上がって　ください。」
B「それじゃあ、遠慮なく　いただきます。」

1　遠慮して　　2　遠慮せず　　3　遠慮し　　4　遠慮すれば

5　A「しょうがっこうに　入った　ばかり（　　　）、まだ　かんじは　書けません。」
B「そうですよね。」

1　ですから　　2　でも　　3　なのに　　4　が

6　A「さらいしゅうの　パーティーは　女性でも　男性でも　参加できます。」
B「わたしも　（　　　）かな。」

1　行って　おこう　　2　行って　みよう
3　行って　もらおう　　4　行って　しまおう

7 A「何を　しらべて　いるのですか。」

B「とうきょうには　人が　どれぐらい（　　　）を　しらべて　います。」

1 いるな　　2 いるか　　3 いるの　　4 いると

8 A「ゆりちゃんも　教室に　いましたか。」

B「ええ、雑誌を（　　）よ。」

1 読んで　います　　2 読むところです

3 読みはじめます　　4 読んで　いました

9 A「化学(かがく)の　もんだいは　難しかったですか。」

B「はい、とても　難しかったです。できるまでに　20分も（　　　）。」

1 かかるはずです　　2 かかる　かもしれません

3 かかりました　　4 かかったところです

10 A「（　　　）子(こ)どもたちが　ぜんぜん　言うことを　聞きません。」

B「じゃあ、私からも　言って　みましょう。」

1 注意(ちゅうい)したから　　2 注意したのに　　3 注意したので　　4 注意したと

11 A「また　病院に　行ったんですか。」

B「ええ、（　　　）行きました。」

1 注射(ちゅうしゃ)するそうで　　2 注射してもらいに

3 注射したら　　4 注射すれば

12 A「動物園(どうぶつえん)は　この　近くですか。」

B「友達の　はなしに　よると、もっと（　　　）です。」

1 遠いつもり　　2 遠いばかり　　3 遠いはず　　4 遠いだろう

13 A「お父さんと　お母さんの　どちらに（　　　）か。」
B「私は　おかあさんに　とても（　　　）。」

1 似(に)ます　　2 似て　います
3 似て　いました　　4 似たです

14 A「食べられない　ものは　ありますか。」
B「きらいな　食べものは　ありません。（　　　）食べられます。」

1 何の　　2 何も　　3 何とか　　4 何でも

15 A「おたくの　お嬢(じょう)さんは　いつから　しょうがっこうに（　　　）。」
B「来年からです。」

1 上がりますか　　2 上がって　みますか
3 上がって　おきますか　　4 上がって　しまいます

もんだい2　＿★＿に　入る　ものは　どれですか。1・2・3・4から　いちばん　いい　ものを　一つ　えらんで　ください。

（問題例）

＿＿＿＿　＿＿＿＿　＿★＿　＿＿＿＿、もう　一度　確認します。

1 翻訳　　2 すべて　　3 から　　4 して

（答え方）

1　正しい　文を　作ります。

> ＿＿＿＿　＿＿＿＿　＿★＿　＿＿＿＿、もう　一度　確認します。
>
> **2　すべて　　1　翻訳　　4　して　　3　から**

2　＿★＿に　入る　番号を　黒く　塗ります。

（かいとうようし）	（例）	①　②　③　❹

16　A「＿＿＿＿　＿＿＿＿　＿★＿　＿＿＿＿　いただけますか。」

B「どうぞ　ご自由に。」

1　させて　　2　拝見　　3　そこの　　4　しりょうを

17　A「それで、ご主人にも　会えたの？」

B「＿＿＿＿　＿＿＿＿　＿★＿　＿＿＿＿、ご主人が　帰ってきました。」

1　した　　2　ちょうど

3　失礼しようと　　4　時に

18　A「どうぞ　こちらの　＿＿＿＿　＿＿＿＿　＿★＿　＿＿＿＿　ください。」

B「失礼いたします。」

1　お待ち　　2　鈴木が　　3　来るまで　　4　応接間で

19 A「どうしたんですか？」

B「＿＿＿＿　＿＿＿＿　＿★＿　＿＿＿＿　痛いんです。」

1　たくさん　　2　きのう　　3　走ったので　　4　体が

20 A「先生は　何を　して　いらっしゃいましたか。」

B「私が　ついたとき、＿＿＿＿　＿＿＿＿　＿★＿　＿＿＿＿　でした。」

1　きれいに　　2　ところ

3　片(かた)づけて　いる　　4　研究室(けんきゅうしつ)を

もんだい3　21 から　25 に　何を　入れますか。1・2・3・4から　いちばん　いい　ものを　一つ　えらんで　ください。

つぎの　文章は、花さんが　アルバイトに　ついて　書いた　ものです。

　夏休みに　なったら、アルバイトを　しようと　考えて　います。こうこうせいの　時　**21**　デパートと　レストランで　アルバイトを　したことが　ありますが、りょうほうとも　1年も　つづきませんでした。今回は　よく　考えたいと　思って　います。

　最近に　なって、しょうらいは　しんぶんしゃで　**22**　考えるように　なりました。大学で　せかいの　せいじに　関係する　じゅぎょうを　とって　いるから　かもしれません。とくに　しゃかいや　せいじの　もんだいに　興味が　あります。むかしは　テレビを　見る　ばかりで、新聞は　ほとんど　読みませんでしたが、いまでは　新聞を　読まずに　家を　**23**　ありません。自分でも　びっくりするぐらい　変わったと　思います。

　しかし　わたしは　しんぶんしゃの　しごとに　ついて　あまり　知りません。**24**、機会が　あれば　この　夏休みに　アルバイトを　して　自分の　目で　どんな　仕事か　見て　みたいと　思います。もし　しょうらい　しんぶんしゃで　はたらく　ことに　**25**　じゅうぶん　いい　勉強と　経験に　なるだろうと　思います。

21

1　で　　2　に　　3　が　　4　なら

22

1　働きたいと　　2　働いて　しまうと

3　働いて　おくと　　4　働いて　くると

23

1 出る　はずは　　2 出る　ことは

3 出る　ように　　4 出て　くるは

24

1 それに　　2 しかし　　3 ところで　　4 ですから

25

1 ならなくても　　2 なるほど

3 なりたがっても　　4 なられても

新制日檢模擬考試解答

第一回

問題 1

1　2	2　4	3　1	4　4	5　2
6　1	7　2	8　1	9　2	10　1
11　2	12　3	13　2	14　4	15　3

問題 2

16　1	17　1	18　4	19　3	20　2

問題 3

21　3	22　3	23　1	24　1	25　2

第二回

問題 1

1　1	2　2	3　4	4　2	5　3
6　1	7　4	8　4	9　2	10　1
11　1	12　1	13　2	14　1	15　2

問題 2

16　3	17　3	18　1	19　3	20　3

問題 3

21　4	22　2	23　4	24　4	25　1

第三回

問題 1

1 4	**2** 2	**3** 3	**4** 2	**5** 1
6 2	**7** 2	**8** 4	**9** 3	**10** 2
11 2	**12** 3	**13** 2	**14** 4	**15** 1

問題 2

16 2	**17** 1	**18** 3	**19** 3	**20** 3

問題 3

21 2	**22** 1	**23** 2	**24** 4	**25** 1

必勝問題解答

第一回必勝問題

問題一

題號	1	2	3	4	5	6	7	8	9	10
答案	2	1	2	3	4	1	1	2	3	3

題號	11	12	13	14
答案	1	2	4	4

問題二

題號	1	2	3	4	5
答案	4	1	3	2	4

問題三

題號	1	2	3	4	5
答案	3	4	4	3	4

第二回必勝問題

問題一

題號	1	2	3	4	5	6
答案	4	2	2	1	4	3

問題二

題號	1	2	3	4	5	6	7	8
答案	3	2	4	4	2	1	3	4

問題三

題號	1	2	3	4	5	6	7	8	9	10
答案	4	2	4	2	3	2	3	3	1	2

第三回必勝問題

問題一

題號	1	2	3	4	5	6	7	8	9	10
答案	3	3	3	4	4	2	4	1	3	3

問題二

題號	1	2	3	4	5	6	7	8	9	10
答案	4	3	3	1	4	4	4	3	3	2

題號	11	12
答案	4	3

問題三

題號	1	2	3	4	5	6	7	8	9	10
答案	3	3	2	2	2	2	2	3	2	1

題號	11	12	13	14	15	16	17	18	19	20
答案	3	3	4	4	2	2	2	3	2	2

題號	21	22
答案	2	4

第四回必勝問題

問題一

題號	1	2	3	4	5	6	7	8	9	10
答案	3	3	1	1	2	4	4	4	4	2

問題二

題號	1	2	3	4	5	6	7	8	9	10
答案	2	3	1	4	4	4	3	3	3	3

題號	11	12
答案	2	4

問題三

題號	1	2	3	4	5	6	7	8	9	10
答案	2	2	2	3	4	4	3	1	2	3

題號	11	12
答案	3	1

祕方習題解答

祕方習題 1

踏む	踏まれる	運ぶ	運ばれる	直す	直される	思う	思われる
招待する	招待される	下げる	下げられる	かける	かけられる	知る	知られる
壊す	壊される	笑う	笑われる	呼ぶ	呼ばれる	待つ	待たれる
使う	使われる	邪魔する	邪魔される	売る	売られる	包む	包まれる
比べる	比べられる	叱る	叱られる	もらう	もらわれる	盗む	盗まれる

祕方習題 2

題號	1	2	3	4	5
答案	C	D	C	A	C

祕方習題 3

読む	読ませる	辞める	辞めさせる	説明する	説明させる	予約する	予約させる
入る	入らせる	失くす	失くさせる	覚える	覚えさせる	考える	考えさせる
遊ぶ	遊ばせる	消す	消させる	集める	集めさせる	貸す	貸させる
歩く	歩かせる	笑う	笑わせる	切る	切らせる	迎える	迎えさせる
曲げる	曲げさせる	止まる	止まらせる	掃除する	掃除させる	捨てる	捨てさせる

祕方習題 4

作る	作らせられる	届ける	届けさせられる	走る	走らせられる	する	させられる
かける	かけさせられる	吸う	吸わせられる	なる	ならせられる	閉める	閉めさせられる
食べる	食べさせられる	驚く	驚かせられる	呼ぶ	呼ばせられる	負ける	負けさせられる
見る	見させられる	降りる	降りさせられる	始める	始めさせられる	勝つ	勝たせられる
食事する	食事させられる	やめる	やめさせられる	払う	払わせられる	忘れる	忘れさせられる

祕方習題 5

案内(あんない)する	案内(あんない)しろ	回(まわ)す	回(まわ)せ	心配(しんぱい)する	心配(しんぱい)しろ	走(はし)って来(く)る	走(はし)って来(こ)い
歌(うた)う	歌(うた)え	見(み)せる	見(み)せろ	する	しろ	取(と)る	取(と)れ
勝(か)つ	勝(か)て	教(おし)える	教(おし)えろ	練習(れんしゅう)する	練習(れんしゅう)しろ	動(うご)く	動(うご)け
降(お)りる	降(お)りろ	捨(す)てる	捨(す)てろ	付(つ)ける	付(つ)けろ	返(かえ)す	返(かえ)せ
遊(あそ)ぶ	遊(あそ)べ	入(い)れる	入(い)れろ	曲(ま)がる	曲(ま)がれ	かぶる	かぶれ

祕方習題 6

思(おも)う	思(おも)おう	笑(わら)う	笑(わら)おう	閉(し)める	閉(し)めよう	降(お)りる	降(お)りよう
走(はし)る	走(はし)ろう	考(かんが)える	考(かんが)えよう	待(ま)つ	待(ま)とう	吸(す)う	吸(す)おう
見(み)せる	見(み)せよう	かける	かけよう	泣(な)く	泣(な)こう	忘(わす)れる	忘(わす)れよう
取(と)る	取(と)ろう	曲(ま)がる	曲(ま)がろう	勝(か)つ	勝(か)とう	見物(けんぶつ)する	見物(けんぶつ)しよう
教(おし)える	教(おし)えよう	投(な)げる	投(な)げよう	終(お)わる	終(お)わろう	始(はじ)める	始(はじ)めよう

祕方習題 7

送(おく)る	送(おく)れる	食事(しょくじ)する	食事(しょくじ)できる	楽(たの)しむ	楽(たの)しめる	切(き)る	切(き)れる
飲(の)む	飲(の)める	出(だ)す	出(だ)せる	買(か)い物(もの)する	買(か)い物(もの)できる	吸(す)う	吸(す)える
聞(き)く	聞(き)ける	終(お)わる	終(お)われる	かける	かけられる	迎(むか)える	迎(むか)えられる
換(か)える	換(か)えられる	走(はし)る	走(はし)れる	出(で)る	出(で)られる	借(か)りる	借(か)りられる
待(ま)つ	待(ま)てる	休(やす)む	休(やす)める	会(あ)う	会(あ)える	怒(おこ)る	怒(おこ)れる

祕方習題 8

題號	1	2	3	4	5
答案	D	C	D	B	B

N4

索引

Index 索引

あ

い

う

お

か

く

け

こ

さ

し

す

せ

そ

た

ち

つ

て

と

な

に

の

MEMO

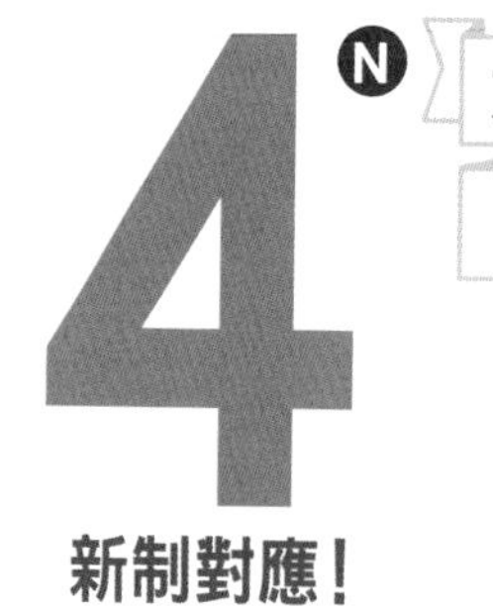

高效自學塾

絕對合格 日檢必背文法

[25K＋QR碼線上音檔]

【自學制霸 02】

■ 發行人 林德勝

■ 著者 吉松由美、西村惠子、林勝田、山田社日檢題庫小組

■ 出版發行 山田社文化事業有限公司
臺北市大安區安和路一段112巷17號7樓
電話 02-2755-7622
傳真 02-2700-1887

■ 郵政劃撥 19867160號 大原文化事業有限公司

■ 總經銷 聯合發行股份有限公司
新北市新店區寶橋路235巷6弄6號2樓
電話 02-2917-8022
傳真 02-2915-6275

■ 印刷 上鎰數位科技印刷有限公司

■ 法律顧問 林長振法律事務所 林長振律師

■ 書＋QR碼 定價 新台幣 369 元

■ 初版 2023年7月

© ISBN：978-986-246-756-5

STS
山田社

STS
山田社

STS
山田社

山田社

STS
山田社

STS
山田社